ZONES NOIRES

PATRICK ERIS

LES ARBRES, EN HIVER

MEURTRES EN SÉRIE DANS LE JURA

ÉDITIONS WARTBERG

À Philippe Ward/Laguerre, sans qui ce livre, etc, etc.

Remerciements à Alick (www.alick.fr) pour ses nombreux et précieux conseils concernant la procédure policière, même si certaines libertés ont été prises pour les besoins de l'histoire – mais notre narrateur est-il totalement fiable ?

Et bien sûr, à Claire Chamot, pour sa patience alors que les personnages refusaient de se laisser dompter...

« Remember the things that we said,
The faith that we hold, the trees in winter
The things that we said, the faith that we hold,
All buried in the earth, and the earth like stone »

Trees in Winter, *Justin Sullivan*
(New Model Army, album Lost Songs)

Au commencement était la forêt.

Elle a toujours été là ; longtemps avant que le premier embryon d'être humain ne rampe hors du limon primordial, elle se dressait, majestueuse, déjà grouillante de vie. De vie et de mort. Même en ces terres du Jura qui furent si longtemps englouties sous les océans, au point qu'ils y laissèrent leur empreinte salée. Simple question de temps. La forêt attendait son heure, et lorsque les flots reculèrent, elle vint essaimer peu à peu sur ce nouveau domaine.

Peut-être est-ce pour cela que, à part quelques populations de soi-disant « sauvages » animistes ayant passé un marché avec mère Nature, l'homme en a toujours eu peur ? Des forêts sombres et oppressantes de Finlande à celles de Bavière, immenses et périlleuses, génératrices de légendes transmises de bouche à oreille que retranscrirent les frères Grimm et tant d'autres, ce roseau pensant qu'est l'*homo sapiens* les a toujours peuplées de menaces protéiformes, de créatures meurtrières, des chimères nées de ses terreurs superstitieuses qu'il a mises en scène dans mille contes fantaisistes. La forêt, ce labyrinthe feuillu où rôdent le loup, le vampire, le wendigo, les sorcières, les géants, les trolls, les elfes, les fées, et quoi encore ? Un lieu où il ne faut jamais s'aventurer après la tombée de la nuit sous peine des pires horreurs. Du moins est-ce le message de ces innombrables récits transmis depuis le commencement des temps. La forêt peut être nourricière en offrant bois et gibier, mais elle est également source de grands dangers.

Peut-être est-ce pour cela que l'homme n'a eu de cesse de vouloir la domestiquer – en vain. La forêt n'en a cure. Elle a tout le temps du monde devant elle ; un immense océan face à la goutte d'eau éphémère qu'est l'histoire de l'humanité. La forêt est toujours là, hiératique, en perpétuelle métamorphose au gré des saisons. Ses murmures ne parlent qu'à ceux qui veulent l'entendre, et quels que soient ses rêves durant son long sommeil hivernal ou le renouveau des bourgeons, elle ne les partage avec personne, sinon peut-être une poignée de chamanes susceptibles de l'appréhender à défaut de la comprendre. Le cycle de vie et de mort, cette ronde incessante à peine perceptible qui peut se perpétrer sous ses frondaisons, n'a pas vraiment d'importance pour elle ; la forêt absorbe les cris comme les murmures, la joie comme la peine, et quoi qu'elle puisse voir, ce n'est jamais que pour ses yeux seuls.

Plus que tout autre, la forêt sait garder ses secrets.

★

J'avais sept ans lorsque je me suis perdu dans les bois. Je ne sais plus pourquoi. Ni comment. Je ne sais plus grand-chose de ma vie d'avant ce jour-là.

Lorsqu'on me retrouva une semaine plus tard après bien des battues et des recherches dans l'intérêt de la famille, on me crut traumatisé. On imputa mes cris et mes larmes aux « épreuves » que j'avais subies.

Grossière erreur. Ce que ces adultes confits dans leurs certitudes n'avaient pas compris, ou pas voulu comprendre, c'est que durant cette semaine d'errance, j'avais expérimenté les moments les plus extraordinaires de ma courte vie. Et que mes pleurs, mes cris et ma résistance, inutiles face à ceux venus m'arracher à cette expérience, signifiaient que je n'avais aucune envie qu'elle se termine.

Car loin de vouloir me repousser ou me détruire, la forêt m'avait accueilli en son sein. Elle s'était ouverte à moi comme je m'étais ouvert à elle, et j'avais senti son souffle odorant sur ma nuque.

Nul ne peut savoir à quel point elle fut accueillante. Comme si elle m'avait choisi. Ou plutôt *adopté*. Pourquoi ? Il y a longtemps que j'ai cessé de me poser la question, et je n'ai pas l'arrogance ou la bêtise de me croire « supérieur », « élu » ou toute autre fadaise. La forêt seule, du haut de sa sagesse plurimillénaire, connaît ses propres desseins.

La mousse des taillis m'avait offert une couche, les branches un abri. Les arbres chenus m'avaient chuchoté leurs secrets ; les lapins et les chevreuils m'avaient servi de compagnons. Les baies avaient apaisé ma faim, l'eau des ruisseaux gazouillants, ma soif.

Peu à peu, j'avais senti qu'un lien se forgeait ; puissant, intime, impérieux. La forêt m'avait ouvert ses mystères immémoriaux, plus fascinants que tous les livres jamais écrits par les hommes.

Je m'étais abandonné peu à peu à cette initiation ; lorsque celle-ci serait complète, je serais... autre chose. Quoi ? Je l'ignore. Peut-être un de ces enfants perdus qu'on dit « sauvages » – comme le fameux Victor, « l'enfant sauvage de l'Aveyron », ou le fictionnel Mowgli de Rudyard Kipling, et tant d'autres –, alors qu'ils en savent peut-être bien plus que les prétendus « civilisés ».

Et c'est au bout d'une semaine durant laquelle cette relation s'était tissée, alors que la forêt gagnait mon cœur et mon esprit, qu'un garde champêtre m'avait retrouvé. Moi qui avais ignoré les appels, évité les gendarmes et les chiens qu'on avait envoyés pour me retrouver.

Malgré mes pleurs et mes cris, cet homme, ce géant (du moins était-ce ainsi qu'il m'était apparu du haut, si j'ose dire, de mes sept ans), qui avait choisi de vivre de la forêt, m'avait ramené à la soi-disant civilisation. Persuadé de bien faire. Comment pouvait-il me priver de ma renaissance par et pour la forêt avant que notre osmose fût complète ? C'était un geste aussi abominable que de m'arracher à l'affection d'une mère.

Mes parents vinrent me rejoindre à la gendarmerie où m'avait amené mon sauveur. On m'avait emmitouflé dans des couvertures et donné un chocolat chaud, sans doute parce qu'on considérait que c'était ce qu'il fallait faire dans une telle situation. J'étais tombé dans un silence prostré. Je crois que mon cerveau tentait de se réadapter au monde des hommes alors que la forêt l'avait partiellement remodelé.

J'accueillis mes géniteurs avec la même indifférence boudeuse. Une réaction qu'ils ne comprirent pas. Je me souviens qu'ils échangèrent des murmures avec les gendarmes. Ils parlèrent de traumatisme, de m'emmener chez un psychologue. Des termes qui devaient façonner les années suivantes.

Le retour se fit dans le silence. Je crois que c'est là que je posai les fondations du mur d'incompréhension qui me séparerait de mes parents. Je ne leur jette pas la pierre, loin de là. Comment auraient-ils pu comprendre alors que je n'aurais pas moi-même eu les mots pour décrire mon état d'esprit, si tant est qu'il en existe ?

Au premier psychologue que je vis, une dame à l'air sévère qui tenta de m'amadouer en me parlant d'école et de ce qui devait intéresser les garçons de mon âge – discours qui, déjà, me parut bien formaté –, je prétendis avoir tout oublié de cette semaine où je m'étais retrouvé livré à moi-même. Voilà qui était bien pratique. Par la suite, je devais voir bien d'autres réducteurs de tête et leur tins la même absence de discours. Je me demande comment ils auraient réagi si je leur avais dit la vérité, expliqué que c'était mon existence d'avant que j'avais oubliée, parlé de mon contact rompu avec la forêt. Peut-être m'auraient-ils enfermé chez les fous ? Je n'aurais jamais pris ce risque.

Par la suite, sans doute sur les conseils de ces braves psychologues soucieux de mon bien-être, parents et éducateurs m'ont surveillé de près, soi-disant pour déceler d'éventuels traumatismes. Je pense que bien qu'ils aient refusé de le formuler ainsi, ils avaient surtout peur de me voir leur échapper – pour regagner la forêt. Ou peut-être craignaient-ils que je devienne violent ? Il paraît que la plupart des ados des lycées américains qui ont commis des massacres au sein de leurs propres établissements avaient le même profil que moi. Le même silence. À une différence près : ils étaient aliénés parce que, en général, ils étaient rejetés par le monde et ceux qui les entouraient, parents, camarades de classe, brutes de cours de récré. Dans mon cas, c'était l'inverse : c'était moi qui rejetais le monde.

Toujours, on cherche à accuser un élément extérieur. Mettre le doigt sur ce qui clochait les aurait rassurés. Un os à ronger pour que les gens normaux se sentent mieux. Sauf que dans mon cas, il n'y avait rien, rien de quantifiable, pas même un désordre psychique quelconque qu'on aurait pu traiter à coups de médicaments. Je crois que c'est ce qui leur déplaisait le plus.

Ils ont bien fait leur travail. Marchant sur des œufs, me prenant avec des pincettes, tentant d'établir un lien impossible en utilisant leurs recettes habituelles, en *faisant preuve de psychologie et d'empathie*, d'après leur langage. J'avais beau rester distant, lointain, jamais ils n'ont renoncé.

Et, malgré moi, ils ont fini par l'emporter.

L'impulsion, l'instinct – peu importe – qui me poussait vers la forêt a fini par s'éteindre au fur et à mesure qu'ils me gavaient de leur soi-disant savoir. Ce lien m'apparaissait de plus en plus lointain, de plus en plus ténu, au point que j'ai fini par oublier ce qu'elle m'avait enseigné. Je suis rentré dans le rang. Enfin, en apparence.

Oh, ils m'ont soumis à toutes sortes de tests, présenté à des gens très sérieux et certainement bien intentionnés, tous persuadés que cet enfant trop calme, trop silencieux, au regard lointain, souffrait forcément d'un mal quelconque. Si tant est que notre monde soit terrorisé face à ceux qui lui résistent et veuille forcément en faire des cas médicaux. Autisme, Asperger et autres noms barbares ont défilé. J'ai subi tous leurs tests, passif en apparence mais soucieux de répondre de façon appropriée, jusqu'à ce qu'ils n'aient plus d'autre choix que se rendre à la triste évidence : je ne souffrais d'aucun mal particulier – surtout, je n'étais pas « fou », ce terme qu'ils évitaient soigneusement de prononcer, préférant des périphrases telles que « souffrant de troubles psychiques et comportementaux » – du moins rien qu'ils puissent mesurer. J'étais juste cet enfant trop calme, trop silencieux, au regard lointain, comme perdu dans un univers qu'il était seul à voir. Rien de plus.

Et cela suffisait à me mettre en danger. Car on sait comment ce monde réagit face aux gens « différents », ceux qui lui renvoient sa propre normalité au visage en refusant de s'y conformer. On les qualifie d'« asociaux », voire de « marginaux ». On les marginalise en effet, et si l'on peut, on les détruit.

Il ne fait pas bon être « différent », encore moins d'une « différence » impossible à identifier. Cela suffit largement pour vous mettre au ban de la société. À la moindre occasion, la normalité se venge, et on sait de quelles extrémités elle est capable.

Je ne sais si la forêt m'a envoyé cet instinct de survie, elle qui le connaît de façon organique. Peut-être était-il déjà en moi. Toujours est-il que j'ai réagi. Comme le dit une célèbre chanson, ce monde vous hait si vous êtes intelligent et méprise les idiots. Tout l'art est de rester quelque part entre les deux sans faire de vagues. Comme ça, même si les gens vous flairent et, du fond de leur instinct animal, reniflent le mouton noir, ils ne peuvent rien y faire puisqu'ils n'ont rien de concret à vous mettre sur le dos. Une *impression* ne suffit pas.

J'ai fait ce qu'il fallait, donné autant de gages de normalité possibles sans renier qui j'étais. J'ai étudié, passé mon bac, fait des études, eu un métier, un appartement, une voiture, tout ce qui, paraît-il, est indispensable pour mener une « existence bien remplie ». Ils ont fini par croire qu'ils m'avaient fait rentrer dans le rang. Moi, le gamin silencieux qui se mêlait rarement aux autres mais qui savait toujours sa leçon lorsque le professeur croyait le prendre par surprise. Celui que les autres évitaient, parce qu'avec leur instinct de meute, ils savaient qu'il était différent, mais qui était trop fort physiquement pour devenir leur proie. Dans les évaluations, on soulignait mon « manque de lien social », mais comme on n'avait rien à me reprocher directement sinon mon silence, cela n'allait pas plus loin.

Seuls mes parents n'étaient pas dupes. Pourtant, eux aussi ont fait ce qui convenait. Je n'ai rien à leur reprocher. Je n'ai manqué de rien. Ils ont encouragé mes bons résultats scolaires. Mais il y avait toujours cette distance entre nous, cette paroi invisible qui les empêchaient de me comprendre. Moi, leur fils qui n'était jamais tout à fait là. Je crois qu'ils ont fini par se résigner. Ils m'ont laissé être moi-même. Peut-être regrettaient-ils de ne pas avoir un enfant « comme les autres ». Après tout, eux non plus n'avaient rien à me reprocher. Telle était ma nature. Alors ils se sont retirés dans leur univers et moi dans le mien, évoluant de façon parallèle sans jamais vraiment s'interpénétrer.

Ce qu'ils ignoraient tous, y compris ces gens très savants et très sérieux, c'est que le véritable lien que j'avais n'était pas amarré à leur monde rationnel, bien ordonné, livré à son propre cycle absurde. Ils ignoraient qu'une partie de moi était toujours là, dans la forêt, au plus profond des bois, même si elle ne m'avait pas révélé tous ses mystères.

Et que parfois, lorsque j'ai de la chance, j'entends encore sa voix enivrante me chuchoter à l'oreille.

★

C'est une petite ferme comme tant d'autres au bord d'une départementale où le passage est rare. Une vieille voiture cabossée est garée devant la grille s'ouvrant sur une cour boueuse où bourdonnent quelques mouches que les premiers froids n'ont pas encore tuées. C'est le domaine des bêtes : des chiens, des chats, un petit cochon nain. Tous ont l'air nerveux, inquiets.

Ils savent, avec leur instinct de bête, que dans ce décor en apparence paisible s'est déroulé un drame.

Au loin, dans l'écurie, les chevaux renâclent et poussent des hennissements à fendre l'âme. Seules les poules vont et viennent de leur démarche saccadée, piquant un insecte de-ci de-là d'un coup de bec précis.

L'antenne locale d'assistance aux animaux, qui a déjà été prévenue, prendra soin de cette ménagerie.

Une boîte aux lettres, ponctuée d'un autocollant « Stop pub » vert, porte le nom des propriétaires : Fioretti. Pas de prénoms.

On entre dans la ferme par une petite véranda au cadre bleu, aux vitres sales, dont la porte donne directement sur une cuisine carrée aux murs tapissés d'un plastique assez laid. Un saladier et quelques couverts posés sur une table en formica jaune crème, le réfrigérateur ronronnant, le séchoir à vaisselle plein à craquer, tout indique que les lieux sont habités. Des traces brunes sur le mur. De grandes flaques séchées. Il flotte encore un relent âcre de fumée. Des traces noires sur le mur au-dessus du four béant témoignent d'un début d'incendie, lorsque ce qu'on a mis à cuire et oublié a brûlé. Si un voisin n'avait pas vu la fumée, la maison serait-elle partie en cendres, faisant disparaître toute trace du drame ?

Dans le petit vestibule, la porte d'un escalier donnant sans doute sur les chambres du rez-de-chaussée, lesquelles s'ouvrent sur la cour. Au-delà, la salle à manger. Une vague odeur d'encaustique se laisse deviner sous le relent doucereux qui plane sur toute chose. Un buffet. Des portraits dans de petits cadres. Un livre, un best-seller d'une marque par correspondance. Il porte un marque-page en son cœur mais personne ne le terminera jamais. Au-delà, un coin salon, un canapé en skaï noir un peu élimé et une télévision grand format d'un modèle déjà dépassé avec une boîte de connexion aux chaînes câblées. Des bimbeloteries inconséquentes. Un vase de fleurs fraîches. Dans un coin, une bordée de téléphones portables en cours de rechargement, brillant de leurs minuscules loupiotes. Si l'un d'entre eux se mettait à sonner, il est probable que quelqu'un craquerait.

Les occupants de ce décor des plus banals sont assis à la table de la salle à manger. C'est d'eux que provient ce relent doucereux. Une odeur de charnier. De grosses mouches bleues zonzonnent déjà dans la pièce.

Ils sont assis sur leurs chaises, le père en tête de table, la mère et les deux enfants, un garçon et une fille, entre seize et vingt ans. Tous vêtus de façon normale. Jeans, chemises, pulls. Ils sont attachés à leurs chaises à l'aide de cordes, figés dans cette position naturelle, comme s'ils attendaient qu'on serve leur repas.

Leurs têtes sont tombées en avant, leurs cous flasques incapables de les soutenir, comme s'ils contemplaient les horribles plaies qui leur ont enlevé la vie. Des coupures profondes cisaillent les chairs violacées, faites à l'aide d'un instrument tranchant bien aiguisé. Il ne faut pas être légiste pour en arriver à cette conclusion. On les a assassinés tous les quatre avec une sauvagerie inouïe. La mère a été égorgée, les autres lardés de coups, probablement avec un grand couteau de cuisine.

Et le pire, c'est que cette scène a quelque chose d'horriblement familier.

C'est la seconde famille que l'on retrouve ainsi. Ce genre de forfait porte un nom : un familicide. La première était composée de trois membres, également lardés de coups de couteau. C'était il y a une semaine à peine. S'il y a une troisième tuerie, ce sera officiellement l'œuvre d'un tueur en série.

S'il y en a une troisième. Une hypothèse si terrible que j'ose à peine l'envisager, et pourtant. Je n'ai pas le choix.

Dans un monde normal, tout serait fait pour empêcher un nouveau massacre. Il y aurait des légistes, des profileurs, des techniciens de scènes de crime, des analyses d'ADN, de fibres, que sais-je. Toute une machine bien huilée qui se mettrait en branle afin d'éviter qu'une telle abomination se reproduise.

Sauf que dans ce coin du Jura, au milieu des montagnes qui donnent leur nom à la région, il n'y a que nous. Nous, trois malheureux gendarmes de Clairvaux-les-Lacs, qui n'avons jamais rien traité de plus grave qu'une dispute conjugale un peu chaude.

Et l'impression dérangeante que le reste du monde s'en fout éperdument.

La Bête était de retour.

Il y avait longtemps qu'elle n'était pas revenue la tourmenter.

On l'avait enfermée. Une fois de plus. La seule solution qu'on avait trouvée. La laissant seule avec ce démon et les abominations que sa voix immonde lui chuchotait à l'oreille. Inlassablement.

Là, dans sa prison sans air ni lumière, sans rien à faire, sans rien à quoi se raccrocher sinon les visites de son geôlier qui lui amenait ses repas, emportait son seau hygiénique et lui laissait une bassine pour qu'elle puisse se laver, elle n'en pouvait plus. Il lui fallait sortir, il lui fallait échapper à son garde-chiourme, filer sur les ailes du vent.

Elle avait horreur d'être enfermée. Et plus encore maintenant qu'elle partageait cette pièce sordide avec la Bête.

Or elle avait toujours su s'échapper. Toujours. Quoi qu'ils aient pu inventer pour la retenir. C'était un don qu'elle avait développé au fil du temps, et qu'elle n'avait cessé de perfectionner.

Et là, elle commençait à entrevoir un moyen. Cette petite ouverture sur le coin du toit. Il lui faudrait l'agrandir discrètement. En cachant bien le résultat de son travail. Quelqu'un de mince comme elle l'était pourrait certainement passer.

Alors elle serait libre.

Et elle savait ce qui lui resterait à faire pour apaiser la Bête. Comme à chaque fois. Faire taire, même provisoirement, cette terrifiante voix. Cette souffrance qu'elle engendrait. Et les souvenirs qu'elle faisait remonter en elle.

Bientôt. Très bientôt…

PREMIÈRES NEIGES

« Schnee fällt leise,
Rieselt aus die Körper derer
Die verloren in der Schlacht »

Schnee, Markus Heitz
(Qntal, album VII, musique Michael Popp)

La première fois qu'on nous a appelés pour signaler un massacre, à onze heures d'un matin aussi calme que ceux qui l'avaient précédé et, pensions-nous, de ceux qui suivraient, nous avons cru à une blague. J'ai décroché et mis aussitôt le haut-parleur lorsque la voix a ânonné :

– Il faut que vous veniez, ils... ils sont morts. On les a tués. Il faut que vous veniez...

Mes deux subordonnés et moi, nous avons échangé un regard perplexe dans la salle principale de notre gendarmerie. Clairement, nous avions du mal à y croire. Pourtant, la voix blanche du facteur qui prétendait avoir découvert les cadavres présumés aurait dû suffire à nous convaincre ; s'il faisait semblant, il méritait un prix d'interprétation.

– Il faut que vous veniez tout de suite ! a-t-il insisté.

J'ai eu un blanc, le temps que mon cerveau enregistre que non, il n'avait pas l'air de plaisanter. Alors il y a vraiment eu un meurtre ? Là, près de chez nous ?

– À quelle adresse ? ai-je demandé.

Il me l'a donnée.

– C'est dans quel coin ?

– Commune de Saint-Claude, excentrée, plutôt du côté suisse. C'est dans votre juridiction ?

Saint-Claude, cette petite ville encaissée entre deux montagnes à côté du parc naturel régional du Haut-Jura, où tout semblait en réduction. J'adorais m'y promener, surtout lorsque les nuages restaient accolés au flanc des avancées rocheuses, à quelques dizaines de mètres au-dessus des toits, comme si les constructions des hommes tutoyaient le ciel.

J'y ai réfléchi un instant, mais on avait bien fermé le poste de police et la gendarmerie de Saint-Claude deux ou trois ans auparavant. Les restrictions, toujours.

– On doit pouvoir être là dans moins d'une heure, ai-je affirmé en prenant ma voix de gendarme, ferme et rassurante. Vous pouvez rester sur place ?

– Oui, mais... À l'extérieur de la maison, vous comprenez.

– Bien. À tout de suite.

J'avais certes pris ma voix de commandement, mais j'étais loin de ressentir la même assurance.

Je me suis alors tourné vers mes subordonnés. Caro, une fille du pays, comme moi. Une Jurassienne trapue au visage quelconque, pas vraiment beau, pas laid non plus. Serge, venu du Doubs tout proche. Un visage mangé par une barbe broussailleuse, de grands yeux. Tous deux portaient leurs uniformes de gendarmes élimés.

Et je n'ai pu m'empêcher de chercher des yeux Garonne, le doyen du groupe, le quatrième du Scooby Gang, comme on se surnommait nous-mêmes lorsqu'il était encore en activité. Un robuste gaillard aux cheveux argentés, grand spécialiste en matière de pêche en tout genre qui partageait avec nous les brochets qu'il sortait jadis de tous les lacs du secteur. Il était parti en retraite deux mois avant, et bien sûr, il y avait peu de chances qu'on le remplace un jour. Maintenant, je me dis qu'au moins, il a échappé à cette affaire. Il en aurait certainement souffert, comme nous tous.

Les mots que j'ai alors prononcés, « il faut qu'on aille reconnaître les lieux, voir s'il y a effectivement eu un meurtre », ont sonné faux même à mes propres oreilles. Ce n'est pas le genre de déclaration emphatique que l'on fait dans notre petite gendarmerie de province. Mes deux collègues m'ont regardé avec de grands yeux.

Selon leur bonne habitude, ils ont tiré à pile ou face la composition du binôme. Serge a gagné le droit de rester de permanence pour prendre d'éventuels appels. Caro et moi avons enfilé nos grosses parkas sur nos uniformes réglementaires, polo bleu ciel et veste marine, et sommes sortis dans le froid.

Nous sommes montés dans notre Scenic bleu et blanc qui pourrissait lentement sur pied. Au moins, malgré tout ce qu'on lui faisait subir sur ces routes de montagne parfois dangereuses, notre véhicule de fonction roulait encore. L'administration nous allouait juste assez de fonds pour le garder en ordre de marche. Sa carrosserie était cabossée de partout ; il ressemblait plus à un vétéran de courses de stock-car qu'à un véhicule officiel. Il a consenti à démarrer après tout un rituel. Le chauffage à bout de souffle a émis un ahanement d'outre-tombe. Je me demandais souvent ce qui se passerait si le moteur lâchait pour de bon. En principe, nous étions tenus d'avoir un véhicule officiel avec les codes radio réglementaires qu'il était interdit de divulguer. Mais tant de choses en principe acquises avaient tendance à ne plus aller de soi !

J'ai entré les coordonnées dans le GPS avant de m'engager sur la route. Inutile de mettre le gyrophare : on n'était pas en ville, je ne risquais pas de tomber sur un embouteillage, et ce n'était pas la peine d'alerter inutilement nos administrés.

Nous avons roulé en silence, guidés par un fac-similé électronique de la route pendant que l'habitacle se réchauffait peu à peu. Je crois que nous avions encore du mal à admettre la réalité. Un massacre ici, en plein cœur de la grande Plouquie internationale ?

Pour une fois, j'ai à peine remarqué les couleurs sublimes que prenait la forêt alors que ses dernières feuilles, dégradé subtil de tons roux et ocre, s'attardaient au bout des branches. Je crois que jusqu'au dernier moment, nous avons espéré qu'il s'agisse d'une blague, d'un malentendu ou Dieu sait quoi. Tout sauf la réalité. Mais lorsque nous sommes arrivés à destination, là où le facteur nous attendait dans son vieux Kangoo jaune frappé de l'emblème familier de la Poste, la réalité a commencé à s'imposer.

C'était un grand quadra sec revêtu d'un uniforme à l'ancienne, casquette comprise, une énorme moustache barrant ses traits burinés par les rudesses du climat local. Je me suis dit, de façon un peu incongrue, que ce facteur était un des derniers de la région, couvrant des zones toujours plus grandes. Lorsque de bons Parisiens les supprimeraient au nom des sacro-saintes économies, obligeant les gens à faire des kilomètres pour aller chercher leur courrier dans des bureaux de plus en plus rares ou dans les grands entrepôts des boîtes privées qui remplissaient peu à peu ce vide, qui nous appellerait pour signaler un meurtre ? Et d'ailleurs, serions-nous encore là, moi et mon Scooby Gang amputé d'un membre ?

Comme pour nous achever, le facteur, livide dans son uniforme, a enfoncé le clou :

– Je vous préviens, c'est pas beau à voir.

*

Il avait raison.

Trois cadavres assis sur des chaises en bois devant la table de la salle à manger, en une parodie de repas. Massacrés à coups de couteau, il ne fallait pas être grand clerc pour le comprendre. D'horribles blessures se laissaient entrevoir, transperçant les vêtements gorgés de sang déjà sec. Bon sang, le fils avait l'air à peine majeur !

Oubliez tout ce que vous avez vu à la télévision (que je ne regarde pas, mais bon). Rien ne peut simuler la texture de la mort. Et ces cadavres en particulier avaient dû rester dans cette position un certain temps. La couleur de leur peau, la teinte violacée des plaies, les mouches qui s'agglutinaient déjà, bravant le froid, et cette odeur, mon Dieu, cette odeur ! Au moins, la température ambiante les avait conservés – je n'osais imaginer ce que cela aurait donné en été –, mais tout de même. Heureusement qu'on était en fin de matinée et que nos petits-déjeuners étaient digérés depuis un bail. Sinon, je n'aurais répondu de rien.

Une fois en présence des cadavres, nous sommes restés figés sur place, une bonne minute je crois. Sidération. Cerveau bloqué. Incapables d'assimiler ce que nos yeux nous transmettaient.

– C'est incroyable, a fini par déclarer le facteur dans un souffle. Ils sont morts, hein ? Euh, enfin, je veux dire...

L'incongruité de cette question, certainement sous l'effet du choc, a arraché à Caro un gloussement nerveux qui ressemblait à un sanglot.

– Vous allez, euh, sceller la scène du crime, tout ça ?

Je l'ai regardé comme s'il me parlait chinois. Comment scelle-t-on une scène de crime ? Que fait-on d'une scène de crime ? Depuis l'école de gendarmerie, il y avait bien des années, je n'avais jamais étudié ce genre de choses. Il devait bien y avoir quelque chose à faire ?

Laisse ça aux autorités compétentes. Des gendarmes du fin fond du Plouquistan ne peuvent rien faire de bon.

Oui, voilà, la solution m'a éclairé. Il devait certainement y avoir des *autorités compétentes* qui savaient quoi faire dans une telle situation. Lorsque j'aurais trouvé les *autorités compétentes*, elles se chargeraient de tout. Des *autorités compétentes* ne laisseraient certainement pas trois malheureux gendarmes s'occuper de quelque chose d'aussi énorme qu'un triple meurtre.

Je sais, c'était refiler le bébé à quelqu'un d'autre et s'en laver les mains. C'était lâche, si l'on veut. Mais qu'auriez-vous fait à ma place ?

Caro a alors tiré son portable et me l'a montré comme pour me demander une autorisation, que je lui donnai d'un hochement de tête. Elle se mit à mitrailler la *scène de crime*, ce qui, somme toute, était encore la réaction la plus professionnelle qu'on puisse avoir étant donné les circonstances.

De mon côté, j'ai demandé au facteur les noms des victimes et je les ai notés sur mon carnet. David, Jeanine et Kevin Sarella. Le père, la mère, le fils et le Saint-Esprit n'avaient rien à voir dans tout ça. Ce n'était pas grand-chose, mais cela m'a donné l'impression de ne pas rester là comme un empoté.

Lorsque nous sommes ressortis, Caro et moi avions à peu près le même teint que le malheureux facteur.

– On... on ne va tout de même pas les laisser comme ça, non ? demanda-t-il devant sa Kangoo.

Non, on n'allait pas. Il y avait une entreprise familiale de pompes funèbres à Clairvaux-les-Lacs, à quelques centaines de mètres de notre gendarmerie. Des pros, qui étaient dans le métier depuis un bail. Ils s'en chargeraient peut-être, à moins que les croque-morts aussi se partagent des circonscriptions. Chacun son terrain de chasse. Il faudrait peut-être appeler quelqu'un à Saint-Claude. Mais en tout cas, ils sauraient qui étaient les *autorités compétentes*.

– Oh, et... qu'est-ce que je fais de ça ?

Il m'a montré un petit colis frappé du logo d'une boîte de vente par correspondance. Un colis. La raison de sa présence au domicile des victimes. Bien sûr. En un éclair de lucidité, je lui ai répondu :

– Mettez-le en attente. Nous notifierons les parents, ils s'en chargeront.

Puis une idée m'a frappé et j'ai sorti mon carnet et mon stylo :

– Au fait, comment avez-vous découvert les corps ?

Il a haussé les épaules :

– Banal. Pendant ma distribution, j'avais un colis pour eux. (Il montra son sac, où il venait de remettre l'objet en question.) Je suis allé sonner, j'ai vu la porte ouverte, je me suis dit que c'était pas normal, vu qu'on est en hiver, alors je suis rentré. J'ai appelé, pas de réponse, ça m'a paru bizarre, alors... Et je les ai trouvés.

Sa voix s'était brisée sur ce dernier mot. J'ai encapuchonné mon stylo. Inutile de noter une situation aussi banale, en effet. Je croyais pouvoir me souvenir de sa déposition. Quoique, il faudrait certainement l'entrer dans l'ordinateur. Un instant, la tête m'a tourné. Une déposition. Un triple meurtre. Oh, bon sang de bois...

Soudain, son visage s'est éclairé :

– Vous avez vu ? Ce soir, il va y avoir du sport !

Je l'ai regardé, interdit.

– Ben, à la télé, au « Rameau d'or ». Je me demande ce que Kevin va faire pour rattraper le coup.

Mon regard d'incompréhension a paru le surprendre, puis il a haussé les épaules et salué, est monté dans sa Kangoo et est reparti. Il continuait sa tournée, certes bien retardée. *Un vrai pro*, ai-je pensé, ce qui n'a fait que souligner notre impuissance.

« Le Rameau d'or ».

Je l'avais presque oublié. Cela faisait quelques années que cette émission débile existait. Le principe était complexe : c'était un reality-show à la con comme les autres, mais les spectateurs pouvaient suivre un système compliqué de paris sur les concurrents. Pas uniquement celui qui allait être évacué, mais d'autres critères, avec des scènes annexes. En tout cas, tout un chacun pouvait prendre son pari dans l'espoir de remporter une petite ou une grosse somme d'argent. Et certains avaient effectivement gagné gros, avais-je cru comprendre. Résultat, quand commençait une nouvelle saison, le monde semblait ne plus tourner qu'autour de ça. Un succès sans précédent dans toute l'histoire de la télévision, dont le concept s'était répandu dans d'autres pays. Pire que les grands-messes footballistiques. Toutes les classes de la société, tous les âges étaient touchés. Un phénomène de société, comme on disait. Des magazines entiers étaient consacrés aux starlettes de ce machin. Toutes sortes de livres-guides promettaient d'aider le péquin à se retrouver dans la nébuleuse des paris, voire de gagner le pactole. Sans oublier des myriades d'applications pour smartphones, tablettes et compagnie. Les biographies des candidats, les ragots, les déclarations et les réactions, les réactions aux réactions, les vérités et les contre-vérités, tout le cirque médiatique habituel. Une véritable industrie parallèle où tout le monde s'était engouffré, des éditeurs parisiens aux charlatans d'Internet vendeurs de tuyaux ou de martingales en sous-main. C'est sûr que tant qu'on s'hypnotisait pour une cagole peroxydée ou un abruti bronzé au QI négatif, on oubliait les rigueurs de l'existence. Du pain et des jeux puissance cent. Et ça marchait du tonnerre. Tout ce qui n'était pas lié à ce jeu semblait relégué au second plan.

La seule fois ou j'avais vu par hasard un bout de ce machin (car croyez-moi, il est impossible d'y échapper totalement), un candidat d'une vingtaine d'années à la coupe de cheveux improbable donnant l'impression qu'un raton laveur était venu mourir sur son crâne tenait un discours particulièrement inepte à sa propre gloire ponctué de « Lol » en guise de perles de sagesse. Au final, il avait traité de « sale intello » un des juges, ou un gentil organisateur, ou le maître loyal, que sais-je, pour avoir utilisé le mot

« hypothèse ». D'après ce que j'en savais, cela avait fait monter en flèche sa cote de popularité.

Je me demandais si, comme des millions d'individus de notre pays, les victimes de ce meurtre (un *triple meurtre !*) attendaient le soir pour communier à la grand-messe cathodique. Si, au dernier instant, leur dernière pensée n'avait pas été un regret. Ils ne sauraient jamais si machin ou truc allait être éliminé ni s'ils avaient gagné quelque chose !

Il y a quelques heures à peine, ils étaient comme toutes les familles, certes avec des problèmes, mais peut-être heureux. Ils avaient des plans, des projets, des choses à faire. Et maintenant...

Soudain, une vague de tristesse m'a envahi. Futilité de l'existence. Pour éviter de m'abîmer dans des angoisses métaphysiques, j'ai passé dans ma tête la *Variation Goldberg n° 25* de Bach, d'une beauté douloureuse. Elle m'a paru particulièrement appropriée.

– Qu'est-ce qu'on fait ? a demandé Caro d'une voix un peu plus assurée, me tirant de ma rêverie.

– On rentre. Il doit bien y avoir quelqu'un qui sait comment gérer ce pataquès. Il suffit de trouver qui et ça ira mieux.

– Ils auront peut-être besoin de mes photos ? a-t-elle dit, pleine d'espoir.

– Certainement. Garde-les précieusement.

★

Je me berçais d'illusions.

Après cette découverte macabre, comme on dit dans les médias, la première personne à se manifester sans que je le lui aie demandé fut le représentant de la presse régionale, enfin ce qui en tenait lieu.

Thomas Servano. Correspondant local de la *Voix du Jura*. Un grand type sec, barbu, couronné d'une botte de cheveux ondulés déjà grisonnants, qui portait sur lui l'expression de celui qui fait son travail par habitude autant que par nécessité. Assistant lui-même aux funérailles de ses rêves de grandeur. Porté sur la bouteille, mais pas plus que la moyenne. Lorsqu'il ne faisait pas des piges sur les chiens écrasés ou les comices agricoles, il vivait d'expédients, comme on dit. Ou plutôt des mille échanges complexes de cette nouvelle société de partage aux ramifications multiples, mi-économie participative, mi-bonne vieille débrouille, qui tentait de se mettre en place pour pallier les manques de l'économie traditionnelle. Un réseau né du besoin plus que de quelconques grands idéaux.

Je ne pouvais pas dire qu'en temps normal, j'aurais recherché sa compagnie, mais il ne m'était pas désagréable. C'était déjà plus qu'une bonne partie de l'humanité. Je ne saurais dire si c'était parce qu'il m'avait un jour confié avoir choisi ce métier de journaliste – profession menacée de disparition, elle aussi – dans l'espoir de devenir écrivain, ce qui était bien illusoire si on n'était pas bien né, fils de l'un ou protégé de l'autre, déjà habitué des salons germanopratins et des lieux où il faut se montrer, dans un monde où on lisait encore moins que dans les années trente. Ou peut-être parce que son air las et décalé éveillait en moi un début de compassion.

Toujours est-il que mis au courant dans l'après-midi par les canaux officiels, il me passa un coup de fil. Nous convînmes de nous retrouver dans la soirée au grand café façon viennois sis sur la grande place de Lons-le-Saunier, non loin du théâtre et des cinémas.

Il m'attendait déjà lorsque j'entrai dans l'établissement. Dehors, il faisait nuit noire, et après une averse de grêle brutale surgie de nulle part – le temps était de plus en plus détraqué –, un air froid et sec avait repris ses droits. Lorsque je poussai la porte, une claque de chaleur me rougit aussitôt la peau du visage. Une sensation pas désagréable.

J'allai m'asseoir devant lui. Échange de saluts peu formel. L'un comme l'autre, nous étions au-delà de tout ça.

Devant un thé fumant, je lui donnai l'identité des victimes.

– Je sais, coupa-t-il. Les Sarella. Je suis allé prendre une photo de la maison du crime.

Je fis de mon mieux pour ne pas paraître trop empressé :

– Vous les connaissiez ?

Il eut un geste évasif. Ses doigts portaient encore des marques de nicotine. Je me souvins qu'il tentait d'arrêter de fumer pour ensuite reprendre et arrêter à nouveau en un cycle sans fin.

– Comme ça. J'avais interviewé le père un jour en sa qualité de dentiste, et depuis, on s'était croisé quelques fois, bonjour bonsoir, rien de plus.

– Qu'en pensiez-vous ?

– Rien de plus que tout le monde. Le père était un professionnel apprécié. Il aurait pu partir s'installer à la ville, mais je crois qu'il aimait l'idée d'avoir le monopole dans la région. Dans une grande conurbation, la compétition aurait été autrement plus féroce.

– Vous ne voyez rien de spécial ?

Il fit la moue :

– À moins qu'on lui découvre des vices cachés, des enfants inconnus, qu'il doive de l'argent à une mafia quelconque ou ait commis un viol dans le passé, je ne vois pas pourquoi qui que ce soit aurait voulu lui faire du mal. Et encore moins massacrer toute la famille. (Il eut un frisson qui semblait sincère.) Surtout de cette façon. J'en ai déjà vu des vertes et des pas mûres, mais...

– Ce que vous dites n'est pas pour me rassurer, avouai-je. La plupart des affaires de meurtres sont résolues...

– ... dans les vingt-quatre heures, oui, je sais. (Il but une gorgée de bière avant de reprendre.) Mais vous voulez mon avis de p'tit journaliste de province sans avenir ? Ça n'a rien d'une affaire ordinaire.

– Comment ça ?

– Je ne sais pas, mais je me demande si le coupable visait vraiment les Sarella en tant que personnes. S'ils n'étaient pas juste les victimes les plus accessibles. En vivant isolées comme ça...

Soudain, je revis un passage d'un vieux film que j'avais vu lorsque j'étais encore à l'école de police, où Alain Chabat énonçait d'un air pénétré : « Je suis quasiment sûr que nous avons affaire à un *serial killer* », ces deux derniers mots avec un horrible accent. Toute la promotion avait fini par les répéter, avec quelques autres répliques tirées des dialogues. Mais ce soir-là, cela n'avait rien d'amusant.

Je me demandai si j'allais m'abaisser à lui demander d'élaborer, quitte à passer pour un charlot. Mais il n'en savait sans doute pas plus que moi.

– Vous voulez dire que ce serait un crime gratuit ? Qu'il les a choisis au hasard ?

– Qui sait ? Peut-être que les raisons n'appartiennent qu'à l'assassin, et que personne d'autre ne peut les comprendre. L'alignement des étoiles ou des voix dans sa tête. Le chien de son voisin lui a dit de les tuer.

Je ne pus refréner un sourire devant cette notion incongrue.

– Hé, se défendit-il, c'est ce qu'a prétendu le *Son of Sam.*

– *Son of Sam ?* C'est un film, non ?

– Oui, mais tiré d'une histoire vraie. David Richard

Berkowitz, surnommé *« Son of Sam »*, a terrorisé New York pendant un an. Sept victimes, six morts. Pas à l'arme blanche, pour une fois, mais avec un revolver de gros calibre. Comme Jack l'Éventreur, il a envoyé toute une série de lettres pour se moquer de la police. Une fois arrêté, il a prétendu qu'un démon lui parlait par la voix de Sam, le chien de son voisin, et lui ordonnait de tuer.

– Il faut vraiment avoir une case en moins !

– Et pourtant, il fut jugé sain d'esprit. En fait, il a eu le parcours typique d'un psychopathe : un enfant intelligent mais perturbé, qui s'est vite désintéressé de l'école pour devenir un petit délinquant, une brute de cour d'école capricieuse, pyromane de surcroît. Découvrir que sa mère l'avait abandonné à sa naissance pour le mettre à l'adoption a été un choc pour lui, qui a détruit ce qu'il croyait être. C'est suite à la publicité autour de cette affaire qu'on a passé une loi empêchant les criminels de profiter des retombées financières de leurs actes.

Il avait dit tout cela de façon factuelle, sans chercher à jouer les petits malins.

– Je ne savais pas que ce sujet vous passionnait.

Il eut un geste évasif :

– Pas tant que ça. J'ai fait des recherches pour un article de fond... qui n'a jamais été publié.

– En tout cas, repris-je, ça fait peur. J'espère que vous vous trompez.

– Oui, moi aussi, acquiesça-t-il. Notre région n'a pas besoin d'une histoire pareille. (Il se pencha en avant.) Vous savez le plus dingue ? C'est certainement ce qui est arrivé de plus énorme dans ce coin depuis des années. Eh bien je suis sûr que ça ne fera même pas la une. Tout le monde semble hypnotisé par cette espèce d'émission à la noix.

Ce n'était donc pas qu'une impression.

– En principe, ajouta-t-il, je devrais y voir LE scoop qui

attirera l'attention de tout le pays sur nos montagnes. En l'état, je doute que ça fasse une seule téloche.

Je fis la moue :

– Au moins, remarquai-je, on ne devrait pas voir déferler des hordes de journalistes venues de la ville pour raconter n'importe quoi.

– On peut voir ça comme ça. N'empêche, ce jeu est bien pratique. Si vous saviez tout ce que le gouvernement fait passer en douce pendant chaque saison ! Et pourtant, les gens en redemandent. (Il eut un sourire mi-triste, mi-amusé.) Comme disait Coluche, « et dire qu'il suffirait que les gens cessent de l'acheter pour que ça ne se vende plus ». Je ne sais pas. Peut-être arrivons-nous à l'aboutissement ultime de la société du spectacle de Bourdieu, lorsque le spectacle devient plus important que la réalité. Ou c'est ce qui reste du journaliste ex-gauchiste en moi qui voit les choses ainsi. En tout cas, ne vous attendez pas à ce que votre histoire fasse les choux gras de la presse !

La conversation commençant à perdre tout intérêt, je finis rapidement mon thé et pris congé. J'avais encore du travail.

*

Je passai une partie de la nuit sur les intranets de la gendarmerie, du moins ce qui était encore maintenu en ordre de marche, à chercher un moyen de me sortir de cette impasse. En vain. Lorsque minuit sonna, je n'étais pas plus avancé.

Néanmoins, son histoire de tueur en série avait planté en moi la graine d'une idée. Il y avait peut-être quelque chose à fouiller dans cette direction… mais ce serait pour le lendemain. Mes yeux se fermaient tout seuls.

En tout cas, le lendemain matin, je constatai que notre

gratte-papier n'avait pas tort. La une se partageait entre le résumé de l'épisode de la veille du « Rameau doré », que je ne parcourus même pas, et les résultats d'une rencontre de foot quelconque. Une colonne était consacrée à deux gamines ayant conclu un pacte, jurant de se suicider ensemble si leur favori était éliminé de l'émission. Il fallait croire qu'elles étaient passées à l'acte. L'article, sans doute tiré d'une banque de données nationales, semblait y voir un « beau geste romantique ». Apparemment, elles n'étaient pas les premières.

Le triple meurtre faisait à peine un entrefilet en page Région. Sans photo.

Tu as pris tout le temps pour observer cette petite famille. Tout comme la fois précédente.

Du coup, au moment de passer à l'action, tu savais parfaitement où se trouvait chaque individu. Comme ça, tu n'as pas perdu une seule seconde.

Le père. Devant la maison. À en juger par l'arrosoir trouvé à côté des taches de sang, tu l'as chopé alors qu'il arrosait les plantes. Curieuse occupation alors que les premières neiges ne tarderaient pas à les condamner, mais tant pis.

Apparemment, il a juste eu le temps de se retourner lorsque tu es arrivé à sa hauteur. Il faut croire que tu sais te déplacer sans bruit, ou alors il n'a rien soupçonné en te voyant approcher, même sur cette route étroite en pleine cambrousse. Vite : quelques coups de couteau violents dans la région du cœur. La victime tombe dans la poussière. Déjà, tu es reparti, vite, vite, profiter de la porte laissée ouverte, la cuisine, tu prends la mère par surprise alors qu'elle s'affaire sur son évier, lui saisis le front d'une main pour ramener la tête en arrière. Un geste précis, la lame passe sur sa gorge, entaillant profondément les chairs. Un jet de sang éclabousse les murs – ce n'est pas propre et net comme on se l'imagine, une carotide tranchée laisse échapper tout ce que pompe le cœur, ça fait du dégât et la mort est loin d'être immédiate. Tu accompagnes sa chute, ou pas, le corps s'affale, tu es déjà vers l'escalier menant aux chambres du bas.

Le fils a-t-il entendu quelque chose, ou montait-il simplement les marches ? Toujours est-il que c'est là que tu l'interceptes. Il n'a sans doute même pas le temps de réagir que la lame s'enfonce dans ses tripes, plusieurs fois, puis trois fois au niveau du cœur.

Violent. Très violent. Es-tu resté froid et méthodique, ou est-ce que peu à peu, tu t'es transformé en une bête enragée, assoiffée de carnage ? La disposition du corps ferait plutôt pencher pour la première solution. Pourtant, j'ai du mal à te voir autrement que sous les traits d'une furie démoniaque avide de sang, un garou de légendes, un être issu des superstitions paysannes.

La fille est restée dans sa chambre. Face à son ordinateur, les écouteurs aux oreilles. Peut-être ne t'a-t-elle même pas entendu entrer. Du moins jusqu'à ce que la lame se plante de biais dans son cou, puis dans son dos. Encore et encore.

Peut-être es-tu resté là un instant, pantelant, l'adrénaline cascadant dans tes veines. Mais ta tâche n'est pas terminée, non, il faut que tu les disposes autour de la table, que tu viennes à bout du rituel que te dicte ton esprit malade. Vite, à commencer par le père, que personne ne le voie étalé en bordure de la route. Pas si facile : il pèse bien son poids. L'adrénaline a dû t'aider. Les mettre en scène tous les quatre en une parodie de repas dominical. Les maintenir en place avec les cordes que tu as amenées, de celles qu'on trouve dans n'importe quelle grande surface consacrée au bricolage. As-tu pris le temps de contempler la scène ? Quel rôle particulier joue-t-elle dans ton imaginaire pervers ? As-tu pris des photos ? Pourquoi toute cette violence ?

Mais une odeur âcre s'échappe de la cuisine. Il y avait quelque chose sur le feu, quelque chose qui brûle. Un début d'incendie risque d'attirer l'attention des voisins. Es-tu dérangé dans ton œuvre macabre ou en as-tu fini une bonne fois pour toutes ?

Et tu t'en vas comme tu es arrivé. Probablement avec un véhicule dissimulé un peu plus loin. Tu as le temps de t'éloigner de quelques kilomètres avant qu'un quidam ne voie le panache de fumée se découper sur le bleu du ciel et n'appelle les pompiers, qui découvriront cette scène d'épouvante.

Où vas-tu ? Où es-tu ? Qui es-tu ? Pourquoi ce carnage ? Les questions essentielles face à un tel drame. Pourra-t-on y répondre un jour ?

Je repris pied dans le réel. Impression de sortir d'un de ces cauchemars terrifiants qui vous engluent encore bien après le réveil. Cette plongée dans la scène du crime m'a laissé pantelant. Un instant, j'ai vraiment cru être ce monstre et voir la tuerie par ses yeux. Une vision écarlate comme le sang versé. Un cauchemar, en effet. Je clignai des yeux. Secouai la tête. J'avais essayé de me concentrer sur les quelques éléments que nous avions à notre disposition pour m'imaginer la scène telle qu'elle s'était passée. J'avais réussi au-delà de toute espérance. Qui l'eût cru ?

Sauf qu'un détail me grattait encore les recoins du crâne. Je restai silencieux, me concentrant sur toutes ces impressions, cherchant l'anomalie... jusqu'à ce qu'elle m'apparaisse soudain comme une évidence.

Il manque quelque chose.

C'était juste un sentiment. Rien de concret. Et pourtant, j'avais l'impression de passer à côté d'un élément crucial qui m'aiderait à comprendre ce qui était arrivé.

Je sortis de ma transe pour de bon. Ma concentration était telle que mon point de vue était devenu celui de la bête humaine qui avait commis ces horreurs. Et maintenant, je retombais sur terre. Je secouai une fois de plus la tête pour en chasser les dernières brumes sanglantes. Devant moi, le monde s'élargit. Et devint mon bureau, propret et bien rangé, avec ses classeurs, ses stylos, mon ordinateur hors d'âge que notre spécialiste en informatique venait régulièrement tenter de remettre à jour, comme on fait repartir un cœur trop fatigué d'un coup de jus.

Notre pièce centrale avait toujours été sobre, rien à voir avec une gendarmerie de cinéma. Pas d'affiches de films, juste un poster de recrutement vieillot au cas où nous oublierions quel était notre métier. J'étais sous le regard attentif de mes adjoints qui m'avaient écouté alors que je décrivais ma vision, les yeux légèrement écarquillés.

En temps normal, une telle affaire aurait fait du bruit. On nous aurait envoyé des criminologues, des légistes, des spécialistes capables de disséquer une scène de crime. Il y aurait eu des myriades de photographes, de journalistes, de curieux.

Sauf que cela fait un bon bout de temps que la normalité a changé.

Et aujourd'hui, comme l'a dit Servano, il n'y a pas grand monde qui s'intéresse à quelques bouseux assassinés dans une province quelconque. Et de toute façon, comme on nous le serine à l'envi, il n'y a plus d'argent, plus d'argent. Plus d'argent pour des analyses d'ADN, plus d'argent pour former des spécialistes, plus d'argent pour allouer des effectifs. Parfois, je me demande si, à force, on n'en reviendra pas à la loi de la jungle. Quoique, il paraît que dans certains territoires, c'est déjà le cas.

Toujours la même litanie. Plus d'argent pour le logement, plus d'argent pour la Sécu, plus d'argent pour les éboueurs – certaines villes sont envahies d'ordures, comme en Italie lors des grèves – et certainement plus d'argent pour des gendarmes tentant désespérément de faire leur boulot.

Une façon polie de dissimuler le fait que, comme je l'ai dit, tout le monde s'en fout.

Mais pas nous. Oh, non.

J'étais entré dans la gendarmerie un peu par hasard. Non, pas exactement : plutôt parce que mon père était déjà gendarme. Sauf qu'il ne me vit jamais embrasser la carrière : ma mère et lui se tuèrent en voiture un jour de blizzard, peu après mes dix-huit ans et mon bac. Mon père aimait conduire vite et il y laissa la vie. Heureusement, il ne me légua pas cette passion.

C'est ainsi qu'en entrant dans la majorité, je me retrouvai seul héritier de notre petit appartement en rez-de-chaussée à Clairvaux-les-Lacs, d'un petit pécule me permettant de voir venir et de plusieurs dizaines d'années devant moi durant lesquelles il me faudrait bien gagner ma vie, même si je préférais rester en marge de cette société des hommes qui ne m'inspirait toujours guère. Et dans une région sinistrée comme le Jura, les opportunités se faisaient rares. Je n'avais aucune envie de passer la moitié de l'année à faire risette aux skieurs et l'autre moitié aux touristes français ou hollandais qui, chaque été, emplissaient les campings des lacs de Clairvaux ou de Châlain de leurs kilos de viande pas toujours très fraîche.

Alors j'optai opté pour une école de gendarmerie. J'avais vu mon père exercer son métier, je savais qu'il octroyait une bonne dose de liberté et permettait de se rendre utile. De plus, je me disais que l'uniforme me protégerait, moi qui étais considéré comme « bizarre » et qu'on évitait toujours autant. Et surtout, c'était la promesse de pouvoir être en poste dans le Jura.

Dans le temps, les gendarmes devaient être mobiles par définition. Le règlement stipulait qu'on ne devait pas rester en poste fixe plus de deux ans. C'était avant. Inutile de dire que même avec les réductions d'effectifs, on ne se bousculait pas pour aller se perdre en montagne...

Lorsque je leur fis part de ma décision, les anciens supérieurs de mon père me promirent un bon coup de piston pour me permettre de rester en poste là où j'avais mon appartement. Oui, on en était à permettre aux gendarmes d'avoir un logement personnel au lieu de la traditionnelle caserne. C'est dire si les choses avaient changé. Face à la crise des vocations, toutes les dérogations étaient envisageables. Alors ces braves gens passèrent des coups de fil, montèrent des dossiers, mirent en branle la machine administrative. Ils me promirent d'avoir pour moi « le même arrangement que pour mon père ». Comment celui-ci avait réussi à obtenir un tel privilège en un temps où c'était plus que rare, ça, je l'ignore et ne le saurai probablement jamais. Ils ne me le conférèrent pas. Peut-être anticipaient-ils la fin de la présence obligatoire et notre changement de statut. Toujours est-il qu'ils tinrent parole, et que je pus m'inscrire à l'école de gendarmerie le cœur léger.

J'ignorais dans quoi je mettais les pieds.

Ce fut la seule fois où je quittai mes chères montagnes. Autant dire la pire période de ma vie. Je n'étais décidément pas fait pour la ville... Une parenthèse désenchantée loin de mon milieu naturel, où une fois de plus, j'endossai l'uniforme du bon élève faisant ce qu'il convient de faire tout en évitant de trop se mêler aux autres. J'avais de l'entraînement en la matière. Et pourtant, intérieurement, ces longs mois d'apprentissage furent une torture.

Je détestai vite la fréquentation obligatoire de mes contemporains, ces fantômes tous semblables, esclaves d'un écran de cinq centimètres sur cinq qu'ils ne quittaient jamais, qui semblait dicter chacun de leurs pas. Par moments, las de ma solitude, je tentai des rapprochements, mais la nature des échanges humains me semblait absurde, leurs discussions dépourvues du moindre charme en plus de se baser sur des références que je n'avais pas. Le football, la bagnole, les pipoleries, la télévision, tout ce qui semblait intéresser mes contemporains, et plus encore leur maudite politique, me semblait relever d'un autre monde, éloigné et qui, somme toute, ne m'attirait guère. Alors je me retranchai une fois de plus. Au bout d'un moment, je cessai mes tentatives. Peut-être ratais-je quelque chose, je n'en savais rien, mais peut-on aller à l'encontre de sa nature ?

Notre école était la cible préférée des femmes mûres venant draguer de façon pas toujours très subtile dans les bars avoisinants, prêtes à toutes les bassesses pour un peu de chair fraîche – mais si on grattait un peu, non parce que cela leur plaisait, mais parce que les magazines et séries télévisées répétaient qu'il fallait être une « cougar » pour être au top de la modernité. Et il convenait de faire « comme à la télé », qu'on le veuille ou non.

J'en profitai, comme nous tous, mais les échanges de la chair purement mécaniques, et plus encore la parade nuptiale qui les précédait, ne m'apportèrent guère de satisfaction. Je l'avoue, moi aussi, je m'y adonnai, puisqu'il n'y avait pas le moindre effort à faire, mais sans grand attachement émotionnel – et j'en retirai plus de frustration qu'autre chose. Comme si, en ce domaine également, il y avait une distance, non seulement entre mes partenaires et moi, mais avec l'acte lui-même. Comme si une connexion neuronale quelconque ne s'était pas établie. Facile de tirer un parallèle entre cela et mon osmose imparfaite avec la forêt. Je n'étais pas « asexué », conformément à cette nouvelle tendance qui exigea d'être reconnue pour devenir une mode de plus. Je n'étais pas non plus un homosexuel refoulé, je n'avais pas plus de désir pour les uns que pour les unes. Simplement, quelque chose manquait.

Quant à mon cœur, c'était à la forêt qu'il appartenait, et j'étais l'homme d'un seul amour.

Mes soi-disant futurs collègues ne m'attiraient pas davantage. Certains me faisaient même peur. En aparté, ils ne cachaient pas qu'ils comptaient bien profiter de leur poste et des pouvoirs conférés, toujours plus énormes depuis ces « états d'urgence » successifs qui duraient maintenant depuis presque aussi longtemps que Vigipirate – croissance inversement proportionnelle à celle des crédits alloués au maintien de l'ordre et tout autre service public – pour se comporter en véritables petits chefs de gangs. Certains semblaient être des enfants spirituels des droogs d'*Orange mécanique*, qui entraient dans la police pour pouvoir continuer leurs exactions sous la protection de l'uniforme. Rien d'étonnant à ce que, dans certaines villes, les forces de l'ordre soient devenues de véritables gangs. Enfin, plus encore qu'avant. Et on laissait filer, même si la population avait de moins en moins confiance en ceux qui étaient censés la protéger. Au désespoir des flics intègres. *Quis custodiet ipsos custodies ?* Qui garde les gardiens ? Personne, semblait-il, et lorsqu'un pourri finissait par tomber, c'était généralement parce qu'un autre, parfois pire, briguait sa place.

Heureusement, rien de tout ça n'avait cours dans nos montagnes. C'est avec soulagement que je vis arriver la fin de mes études. Je me demande si quelqu'un se douta un jour des trésors de volonté que je dus déployer pour ne pas craquer. Seule l'idée de regagner mon chez-moi sylvestre pour ne plus jamais en ressortir m'empêchait de me taper la tête contre les murs.

Ça et les *Variations Goldberg* de ce cher Jean-Sébastien Bach, que je découvris à cette époque et qui ne me quittèrent plus. Cette incroyable série de morceaux qui, tous, partent d'une base similaire pour s'élever en développements, arias, canons, fugues, gigues, chorals, semblant vouloir aborder toute la richesse de l'expérience auditive et, de façon métaphorique, la musique dans son ensemble – et donc la vie elle-même. Une composition unique interprétée par les plus grands noms, de Glenn Gould à Keith Jarrett en passant par Alexandre Tharaud. Sur les forums consacrés à la musique dite « classique », il était facile de voir que chaque auditeur en avait sa propre vision, généralement liée à des expériences particulières à chacun. Des notes qui semblent toujours différentes, comme si elles étaient vouées à mûrir avec celui qui les joue et, par extension, avec l'auditeur. Car ces mesures d'une grande humilité finissent par évoquer de véritables êtres humains, qu'on apprend à connaître de façon approfondie et toujours quelque peu différente, puisque toujours, quelque chose a changé : soi, son interlocuteur ou les circonstances. J'imagine que jouer les *Variations Goldberg* au piano – ce dont je serais bien incapable, avec mes gros doigts de bûcheron – doit être à la fois profondément satisfaisant et en même temps frustrant, puisque chaque interprétation est une étape supplémentaire vers une illusoire perfection. Peut-être est-ce pour cela que Bach a conclu son œuvre sur une réitération de l'aria, comme pour terminer sur une boucle, tels ces chants où la dernière syllabe est un retour à la première, donnant une impression de cycle sans fin. Lorsqu'on termine les *Variations Goldberg*, la seule chose qui semble logique est de les reprendre une fois de plus.

Il s'agit également d'une métaphore parfaite de l'expérience humaine, où seuls le début et la fin sont toujours les mêmes... à quelques subtilités près.

La seule différence entre les *Variations Goldberg* et les humains est que la musique, elle, vous déçoit rarement.

Un psychanalyste de salon, de ceux qui tiennent absolument à vous faire entrer dans leurs petites cases, dirait que cette passion était une compensation pour mon manque de contact humain. Il se tromperait. La musique de Bach me semble bien plus riche que mes contemporains et, au final, largement plus satisfaisante.

Accessoirement, inutile de dire que la pseudo-musique qu'on vous imposait à fort volume dans les grands magasins – qui s'étaient mis à coller des écrans partout qui vous écorchaient la rétine, dévidant un mélange de clips et de pubs sans qu'on voie vraiment où commençait l'un et où s'arrêtait l'autre, sait-on jamais, des fois que vous vous risquiez à penser au lieu d'acheter – était une torture. J'avais en horreur ces « interprètes », beaux gosses et belles nanas tous bâtis sur le même moule, gesticulant comme des bonobos cocaïnomanes, ces rythmes binaires et ces voix nasillardes trafiquées jusqu'à ressembler à des messages de répondeur téléphonique. C'était la principale raison pour laquelle je faisais l'essentiel de mes courses sur Internet. Oui, car la modernité avait fini par arriver jusque dans notre grande Plouquie. Né avec un ordinateur entre les mains ou presque, comme la plupart de mes contemporains, j'étais devenu un grand adepte d'Internet, ce qui allait beaucoup me servir dans cette affaire.

Mais je digresse.

Bien aidé par l'appui post-mortem de mon père, j'obtins facilement une place à la gendarmerie de Clairvaux-les-Lacs. Près de mes chères montagnes. Je finis par prendre la tête de ma petite unité, maintenant réduite à deux têtes. Le gendarme et la gendarmette.

Eux aussi restèrent. Il faut dire que de « réforme » en « réforme », de ministre en ministre, tous bien parisiens sans le moindre contact avec le terrain, tous transfuges d'autres ministères pour lesquels ils n'étaient pas forcément plus compétents (celle en poste au jour où je tape ces mots vient de la Jeunesse et des Sports, formation idéale pour s'occuper de l'Intérieur), les coupes sombres avaient continué. Et les casernes, garantie de cette mobilité imposée – puisque, comme je l'ai déjà précisé, un gendarme devait changer d'affectation tous les deux ans –, de se délabrer peu à peu faute d'entretien. Certaines devinrent insalubres, des cauchemars à l'installation électrique aléatoire – on pouvait carrément se prendre un coup de jus en pleine douche suite à un court-circuit – où il n'était pas rare de croiser des cafards et, vers la fin, des rats. Il y eut une grogne des gendarmes, des parlotes sans fin, des promesses non tenues de lancer un « grand chantier ». Sauf qu'il n'y avait « pas d'argent, pas d'argent », répétait-on comme un mantra.

Laisser pourrir pour ensuite obtenir sans trop de remous ce qui a toujours été le but du jeu est une vieille tactique à laquelle les politiciens sont rompus.

Finalement, on fit une énième « réforme » pour changer le statut des gendarmes. Fini les casernes insalubres, on nous permettrait enfin d'échapper à ces trous à rats. Vous n'êtes pas contents ? On ne souligna pas trop le fait que c'était la fin du logement gratuit pour notre corps d'arme. Certains parlèrent de la « fin d'un privilège exorbitant », comme toujours, mais on ne les écouta guère.

Il nous fallut donc trouver des logements au prix du marché, sans compensation salariale sinon une « prime » qui tombait toutes les années bissextiles, ce qui ne fit rien pour inverser la chute des vocations. Quand aux bâtiments des casernes, comme il ne fallait pas être grand clerc pour le prévoir, elles furent réhabilitées, puis vendues. Parfois à des prix corrects, parfois non. Il y eut quelques scandales, accusations de favoritisme, de bidouillage des prix. On lança quelques enquêtes qui, des années plus tard, déboucheraient peut-être sur une instruction. Aujourd'hui, on n'en est toujours pas là. Ah, si, il y eut quelques non-lieux épisodiques.

Et on oublia tout ça.

Bien sûr, avec la fin des casernes vint la sédentarisation obligatoire. Puisqu'il n'y avait plus de logements de fonction... Je crois qu'imposer un déménagement tous les deux ans dans un pays où il était de plus en plus difficile de se loger eût déclenché une révolution chez nos pandores qui avaient désormais de plus en plus de mal à joindre les deux bouts. Tout le monde n'avait pas ma chance, moi qui avais hérité d'un appartement.

C'était aussi un bon moyen de supprimer les primes au déplacement. Il n'y a pas de petites économies.

Notre corps perdait petit à petit tout ce qui le distinguait. Parfois, je me demandais combien de temps il nous restait avant qu'on ne le dissolve pour de bon. Ce jour-là, que deviendrions-nous ? Que deviendrais-je ? Irais-je gagner le double de ma solde dans une de ces milices privées qui, de plus en plus, suppléaient aux missions d'intérêt général ? Perspective qui ne m'enchantait guère. Je préférais ne pas y penser.

Comme je m'en doutais, le travail de gendarme rural n'était guère fatigant, surtout pour moi qui connaissais la région comme ma poche. De plus, la hiérarchie nous fichait une paix royale. Nul ne se souciait de nous tant que nous ne faisions pas de vagues. Seule la diminution progressive des crédits était parfois préoccupante. Les pannes de nos ordinateurs vétustes, par exemple, survenaient régulièrement, nous plongeant dans le noir. Dans tous les sens du terme. J'avais dû me tourner vers un spécialiste en informatique de Lons qui avait mis sur mon ordinateur personnel les logiciels nécessaires pour se connecter au fichier central. Le pire, c'est que je n'étais même pas sûr que ce soit légal. Un comble !

Au moins, nous étions plus ou moins préservés de la folie des villes. L'optique des politicards visant à dresser tout le monde contre tout le monde – pour le grand plaisir d'une population qui semblait ne demander que ça – avait fini par déclencher une spirale destructrice. Pas un jour sans son lot de bagarres ou d'agressions en tout genre, souvent racistes, parfois pour un prétexte futile – les rares bureaux de poste qui restaient et les administrations étaient devenus de véritables coupe-gorges – voire sans prétexte du tout. La société tout entière pétait les plombs, annonçaient des médias pourtant toujours prêts à jeter de l'huile sur le feu. Comme je le disais, dans certains quartiers, et pas forcément ceux qu'on taxait de difficiles, on craignait plus les policiers que les voyous. L'an dernier, une cité entière de la banlieue de Lyon était partie en fumée faute de pompiers et de matériel. Ses habitants avaient rejoint ces campements de fortune que l'on comparait de plus en plus aux fameuses *favelas* brésiliennes, véritables villes indépendantes en bordure des villes où la débrouille était généralisée, la solidarité forcée, et que, bien sûr, on évacuait régulièrement. À force d'annoncer des « zones de non-droit » un peu partout, celles-ci étaient devenues réalité.

La violence semblait s'infiltrer par les moindres fissures de la société. On brûlait indifféremment des églises, des mosquées ou des synagogues. Les boutiques hallal comme casher, voire bio, faisaient des cibles faciles. Les nombreuses grèves consécutives aux tout aussi nombreux plans sociaux étaient réprimées de plus en plus durement. Le nombre de morts était en augmentation constante. Une partie importante de la population semblait avoir perdu la dernière parcelle d'espoir qui lui restait, donnant des gens prêts à tout et surtout au pire. Le taux de suicide n'était pas loin de devenir une cause nationale, enfin, lorsqu'on daignait s'y intéresser.

Les plus riches, eux, se réfugiaient dans ces « communautés closes » qui avaient fleuri, s'enfermant volontairement dans des camps de concentration de luxe. Des enclaves paranoïaques où, en général, les habitants se détestaient entre eux, puisque les agressions suite à des « problèmes de voisinage » y étaient aussi nombreuses qu'ailleurs. Mais au moins, on se bagarrait entre gens de sa condition.

Dans nos montagnes, dans un milieu moins anxiogène, ces pétages de plomb étaient plus limités. Il s'agissait d'incidents isolés. Un cultivateur pris à la gorge par la grande distribution – encore un problème qu'on promettait de régler depuis des décennies – avait tué ses bêtes, puis sa famille avant de retourner son fusil de chasse sur lui. Un frontiste notoire avait fini par poignarder son voisin arabe qui, pourtant, n'avait jamais fait de mal à personne (la presse parla d'un « déséquilibré » sans noter ses affiliations politiques, bien sûr). L'entraide et notre travail de proximité faisaient que nous étions souvent prévenus par une bonne âme et pouvions désamorcer à l'avance les situations potentiellement explosives. Pas un seul d'entre nous n'avait pris de leçon de psychologie, mais l'expérience avait rempli les blancs. Bien sûr, nous n'y arrivions pas toujours, mais au moins, il était rarissime qu'un simple accrochage au feu rouge finisse par un tabassage en règle, voire la mort d'un des deux automobilistes, comme c'était désormais monnaie courante dans les grandes villes.

Et pourtant rien, non, rien n'aurait pu nous préparer à ce qui nous tombait dessus.

On estimait désormais à trente le nombre de tueurs en série répertoriés dans l'Hexagone, mais il était possible qu'il y en ait davantage ? Des émules de Thierry Paulin plus que de Jack L'Éventreur. Ceux-ci avaient au moins droit à un minimum d'attention de la part des pouvoirs publics. Mais au fin fond du Jura, dans ce qui, pour les autorités centralisées dans les grandes villes, était la Plouquie ultime ?

Et la question restait : nous, les humbles gendarmes de Clairvaux-les-Lacs, comment allions-nous réagir ?

★

Mes demandes répétées d'analyse des scènes de crime restèrent lettre morte. Pas assez d'effectifs, pas assez de moyens, pas d'argent, on connaissait la chanson. Tous les OPJ qui restaient dans le département avaient des affaires en cours, plus qu'ils ne pouvaient en traiter. Envoyer un profileur, faire sortir un spécialiste de sa retraite, n'importe qui d'un peu plus aguerri que nous ? Même pas en rêve. Il aurait fallu s'adresser à une coûteuse officine privée. Et bien sûr, il n'y avait pas d'argent...

Après un énième coup de fil infructueux à un officier qui n'avait même pas caché son peu d'intérêt – je ne lui jette pas la pierre : étant donné qu'ils n'avaient plus les moyens d'assurer leur service public, certains plus âgés ou moins motivés avaient renoncé à lutter contre des moulins à vent et assuraient le strict minimum –, j'ai raccroché, énervé.

C'est alors que la vérité m'est apparue.

Il n'y avait que nous.

Que nous pour faire ce qu'il convenait de faire. Mener l'enquête.

Un instant, l'abattement m'est tombé dessus, pesant sur mes épaules comme un fardeau physique. Quelle responsabilité, mon Dieu !

Mais quelque part, n'était-ce pas aussi pour ça que j'étais entré dans ce corps ?

J'ai regardé mon Scooby Gang amputé d'un membre. De bien piètres soldats face au combat qui s'annonçait. Mais une fois au pied du mur, il arrive que des gens ordinaires donnent le meilleur d'eux-mêmes face à l'adversité.

Je me suis levé. À les voir, je pense qu'ils en étaient arrivés à la même conclusion que moi.

– Bien, attaquai-je. Au point où on en est, on peut continuer de donner des coups de fil dans le vide et d'envoyer des mails en attendant que Zorro daigne enfin arriver. Ou alors on peut commencer le boulot. Faire ce qui peut être fait dans l'état des choses. Dans le meilleur des cas, ce sera des travaux préparatoires pour qui prendra le relais. Sinon... eh bien, on ne va tout de même pas rester là à se tourner les pouces pendant qu'on tue nos voisins, non ?

Acquiescements pas très convaincus, mais acquiescements tout de même.

– Alors voilà par où nous allons commencer...

Je réussis enfin à obtenir les factures détaillées de téléphone – les fameuses fadettes qui n'ont rien à voir avec George Sand – des Sarella au moment où, après plus de mails et coups de fil au parquet que je ne pourrais en compter, j'avais tiré un trait dessus. Elles ne nous apprirent pas grand-chose : ils avaient appelé un salon de coiffure, un lycée, des parents, des gens qui devaient être des amis. Plusieurs fois la hotline d'un fournisseur Internet. Un plombier censé passer chez eux depuis des jours pour réparer une canalisation. La SNCF. Radioscopie d'une vie quotidienne sans extravagances.

Notre spécialiste en informatique se chargea des deux ordinateurs familiaux pour des résultats tout aussi vains. Comme il me le dit au bout du fil, il n'y avait même pas de sites pornos sur l'historique. L'un d'entre eux devait avoir une passion pour le Brésil, car il consultait de nombreux sites relatifs à ce pays et surtout Rio de Janeiro, ce qui ne constitue guère un mobile de meurtre.

Tout ceci nous donnait au moins un point de départ, à savoir ceux que fréquentait la famille. Il faudrait chercher de ce côté.

Nous avons donc entamé notre enquête, puisqu'il fallait bien l'appeler ainsi, de façon classique : en interrogeant consciencieusement tous ceux qui pouvaient être en contact avec les Sarella. À commencer par les camarades de classe du fils, scolarisé à Saint-Claude même. On réquisitionna pour cela une salle de leur lycée pour une heure. Au moins, l'administration de l'établissement se montra compréhensive et accepta de bonne grâce toutes nos requêtes. Peut-être parce que les services publics – et l'école elle-même – faisaient pas mal de campagnes de recrutement, pardon, de sensibilisation, pour pallier la crise des vocations. Toutefois, d'après ce que j'avais lu quelque part, le seul projet d'avenir d'une majorité des jeunes scolarisés était de « passer à la télé », ce qui semblait être le but ultime de toute existence.

Les ados qui défilèrent devant notre bureau d'enseignant face au traditionnel tableau noir, d'un autre âge maintenant que les écrans avaient pris le relais, se contentèrent de monosyllabes peu concernés pour toute réponse sans lever les yeux des écrans de leur smartphone ou tablette dernier cri. D'après ce que m'affirma Caro alors que je m'en étonnais, c'était un mode de conversation normal avec des ados. Il est vrai qu'elle avait deux enfants... Un garçon et une fille, c'est ça ? Ils devaient être grands, maintenant. J'avais l'impression que c'était hier qu'elle avait posé son congé maternité. Il est vrai que le temps devient relatif lorsque chaque journée ressemble à la précédente et que la suivante a toutes les chances d'être la même.

Nous n'obtînmes guère plus des adultes : collègues de travail, voisins, femme de ménage... Certains ne cachaient pas que nos questions les ennuyaient profondément. Comme s'ils avaient tellement plus important à faire de leur temps ! D'autres semblaient considérer que les victimes s'étaient fait tuer dans le simple but de leur nuire personnellement.

Ce qui me frappa, c'est que personne n'avait vraiment l'air concerné par ce meurtre. Beaucoup semblaient s'intéresser plus à leurs pronostics concernant ce maudit « Rameau doré ». En tout cas, personne ne témoigna la moindre empathie, comme si un triple meurtre était un fait : banal, sans conséquence.

– On dirait qu'une fois rentrés chez eux, ils auront tout oublié, résuma Caro.

En effet : certains, qui n'avaient même pas daigné se rendre aux convocations, nous obligèrent à nous déplacer. Plusieurs nous claquèrent carrément la porte au nez.

Au troisième vent, un vague cousin qui habitait en HLM à quinze kilomètres de chez les Sarella, je finis par en avoir ma claque. Je tambourinai sur la porte de toute ma force.

Les coups semblèrent se répercuter jusque dans le béton. Le cousin finit par ouvrir, l'air courroucé et effrayé en même temps, comme s'il craignait que je n'abatte la porte s'il ne réagissait pas assez vite. Sans plus attendre, je lui collai sous les yeux les photos de la scène du crime.

– Voilà ce qu'ont subi des parents à vous, déclarai-je d'une voix glaciale. Cela ne justifie-t-il pas que vous donniez quelques minutes de votre temps ?

Un remède brutal, mais efficace. Il pâlit légèrement face à ces visions atroces, haussa les épaules et s'effaça pour nous laisser entrer.

– Je ne veux pas d'ennuis, ajouta-t-il.

Le cri habituel de ceux qui n'ont rien ou presque à se reprocher, mais qui se demandent si malgré tout, par hasard, sait-on jamais...

– Ne vous inquiétez pas, répondis-je d'un ton radouci. Interrogatoire de routine.

Je n'avais même pas besoin de vérifier mes fiches pour savoir qu'il était au chômage, comme une bonne partie des habitants de la région. Appartement négligé comme la mise du cousin, avec son pantalon de jogging taché et son gros pull par-dessus une ou plusieurs épaisseurs de vêtements. Jour gris derrière des fenêtres fendillées. Des assiettes sales et des canettes oubliées sur la table basse Ikea du salon. Relents de bière renversée sur le tapis élimé. Il faisait plutôt froid, certainement pour alléger la facture du chauffage. Il planait sur ce décor banal à pleurer l'aura de désespérance tranquille de ceux qui n'ont rien à faire de leur journée, sinon attendre le soir, dormir et recommencer, et qui se demandent si le reste de leur existence se résumera vraiment à ça.

Rien à en tirer, je le compris vite. Il répondait par monosyllabes, lui aussi. Son regard ne cessait de dériver vers la télévision allumée qui, constatai-je, passait des rediffusions de cette foutue émission – car oui, on avait mobilisé une chaîne pour la consacrer entièrement au « Rameau doré », sa vie, son œuvre. Plusieurs, peut-être. Lorsque les yeux fatigués du cousin croisaient l'écran, ils s'illuminaient de la lueur fiévreuse du véritable fanatique.

Une attitude qui ne fit qu'accroître mon malaise. Mon impression de tourner en rond.

L'entretien ne dura guère plus de cinq minutes. Non, il ne voyait pas qui pouvait en vouloir au couple ni pourquoi il avait été ciblé. Des gens sans histoire. Il ne les fréquentait pas beaucoup depuis cette histoire de dispute avec son beau-frère pour un prétexte futile. « C'est bien triste », ajouta-t-il machinalement sans trop d'émotion, mais comme si c'était ce qu'il convenait de dire dans ces cas-là.

Sur le pas de la porte, il me dit :

– J'ai parié sur Whitney gagnante au deuxième et points max au quatrième tirage. Z'en dites quoi ?

Je ne le gratifiai pas d'une réponse. Je m'en allai dans la nuit qui tombait déjà. Je crois que Caro lui marmonna quelque chose. Suivait-elle cette fichue émission ? Je préférais ne pas le savoir.

Je regardai notre vieux Scenic dans la lumière finissante de cette fin d'après-midi d'hiver, à l'ombre de la barre HLM anonyme. Dire que je croyais que dans nos campagnes, on témoignait un peu moins d'indifférence envers son prochain que dans les grandes villes ! Voilà qui remettait mes préjugés à leur place.

Lorsque les pompiers mobilisés pour éteindre l'incendie nous appelèrent pour nous faire part de ce nouveau multiple meurtre, je crois que nous comprîmes tous les trois ce qu'était vraiment le désespoir.

Après les premières constatations, nous rentrâmes à la gendarmerie dans un silence abasourdi. Peut-être espérions-nous que ce premier familicide serait un cas isolé. Que l'assassin se dissoudrait dans la brume opaque des affaires non résolues. Celles-ci ont toujours existé, et même des crimes aussi spectaculaires que ceux de notre dévoué Jack l'Éventreur n'ont jamais empêché le monde de tourner.

Oubliez les récits abracadabrants qu'on nous inflige encore aujourd'hui. Même l'affaire ultramédiatisée du meurtre du fils de la cinquième fortune de France, il y a deux ou trois ans, n'a pas été résolue grâce à l'acharnement de superflics, mais parce qu'un ami proche du défunt, bourré de remords, a craqué aux premières questions. Il s'agissait d'une simple dispute engendrée par la cocaïne, dont tous deux faisaient une consommation effrénée, qui avait mal tourné.

Les grands génies du crime n'existent que dans les romans. Ou alors, ils sont si habiles que nul ne s'est jamais aperçu de leur existence. Quant aux superflics infaillibles, de ceux qui font fortune en vendant leurs mémoires, il n'y en a guère qu'un par génération. Et encore, la plupart s'attribuent tout le mérite qui revient souvent à leur équipe.

N'empêche. L'idée de reprendre ce travail de fourmi ne nous enchantait guère. Et pourtant, c'est ce que nous avons fait. Étions-nous capables de venir à bout d'une telle affaire ? En tout cas, celle-ci commençait à nous affecter sérieusement. Lorsque son ordinateur planta pour la ixième fois au milieu d'un rapport, Caro se mit à sangloter.

Quant à moi... La forêt m'appelait, je le sentais. En ces temps de détresse, je n'avais qu'une seule envie : aller me perdre au milieu des arbres, ou me planter au bord d'un lac et tout oublier. Mais je ne pouvais pas. Je ne pouvais abandonner ni mon Scooby Gang, ni les victimes passées et peut-être à venir. Alors je suis allé chez moi, dans mon petit appart, récupérer un vieux tableau noir qui traînait depuis des lustres dans un placard.

Je l'ai installé dans notre salle commune face à mes mousquetaires à l'air perdu, Caro et Serge, et j'ai pris un gros feutre pour faire le point sur ce que nous savions jusque-là. Je ne voyais pas où ça nous mènerait, mais ça ne pouvait pas faire de mal.

Ce que nous savions, donc. Pas grand-chose, en fait.

Première famille : les Sarella. J'écrivis en grand leurs noms au feutre. David, Jeanine, Kevin.

Trois membres, habitant une maison isolée le long de la grande montée vers la Suisse. Le père, David Sarella, fils d'un immigré italien de la grande vague de l'après-guerre. Chirurgien-dentiste à Saint-Claude, petit village encaissé entre deux montagnes non loin de la frontière. Sans histoire et un bon professionnel d'après ses clients qui le regrettaient, mais à les entendre surtout parce que désormais, ils devraient descendre à Lons-le-Saunier ou à Besançon pour se faire soigner en attendant un bien improbable remplaçant.

La mère, Jeanine Sarella, née Meunier. Travaillait par intermittence dans le tourisme, dans un gîte en hiver, dans une boutique en bordure du lac de Châlain en été, et tous les petits boulots qui se présentent dans une région sinistrée – lorsqu'il y en a.

Le fils, Kevin Sarella, dix-sept ans, scolarisé à Saint-Claude. Il était dans sa dernière année avant le bac et se destinait à la même profession que son père, sans doute pour reprendre son cabinet. Pourquoi pas ? C'était une bonne situation, comme on dit.

Tous trois avaient été massacrés à coups de couteau et disposés autour de la table familiale en une parodie de repas.

Ils étaient propriétaires de leur maison, avaient un compte en banque, pas de problèmes d'argent, pas de problèmes de voisinage. Pas de problèmes tout court. Un casier judiciaire limité à quelques contraventions, toutes payées. Une patiente de Sarella père l'avait accusé d'attouchements, mais comme c'était une mythomane patentée ayant plusieurs fois porté plainte pour des agressions imaginaires, l'affaire n'était pas allée bien loin, et de toute façon, les faits s'étaient déroulés il y avait plus de dix ans.

Deuxième famille. Une maison isolée sur la route de Besançon, achetée en 1992. Les Fioretti.

Le père, Pascal, fils d'émigrés italiens, maçon en retraite anticipée.

La mère, Vanessa, assistante de vie. Un des rares emplois d'avenir dans un pays de plus en plus grisonnant.

Le fils, Valère, en CAP de plomberie. Sans problèmes, si ce n'est une inévitable histoire de cannabis qui s'était conclue par un simple avertissement.

La fille, Carla, CAP de coiffeuse, sans emploi. Rare de ne pas trouver un chômeur dans une famille jurassienne de nos jours.

Le père avait eu le sang chaud dans sa jeunesse et avait fait le coup de poing avec des commandos d'extrême gauche genre Black Bloc, mais c'était loin et il s'était rangé des voitures. Il se vantait même de voter centriste. Il était passionné de pêche et de foot. Sa prime de préretraite avait payé les dernières traites de la ferme où il s'occupait des bêtes en compagnie de sa fille désœuvrée.

La mère sillonnait la région dans une 207 hors d'âge pour aller d'un client à l'autre, de maison de retraite en « centre médicalisé ».

Une famille pas spécialement riche sans être vraiment dans la pauvreté. Plutôt soudée, aux dires des témoins. Pas de frasques, pas de traits particuliers. On ne pouvait guère leur reprocher qu'un manque d'originalité flagrant, ce qui n'est pas répréhensible légalement. Ni répréhensible tout court.

Deux familles de Français moyens, comme on dit. Et pourtant, on était venu les assassiner de façon horrible.

– On a affaire à un tueur organisé, dis-je à mes deux Pieds nickelés. Il est certain qu'il a étudié les familles et qu'au moment de passer à l'acte, il savait précisément où se trouvait chacun des membres. Ça lui a permis de faire vite. Oui ?

À son air, je sentais que Serge avait une question en tête.

– Un tueur organisé ? demanda-t-il. Qu'est-ce que ça veut dire ?

– Un tueur organisé agit sciemment, méthodiquement, expliquai-je. Il étudie longuement ses futures victimes avant de frapper. Comparé à un tueur désorganisé, qui suit ses impulsions du moment sans réfléchir et laisse toutes sortes d'indices sur place. Bon, c'est en présumant que nous avons affaire à un tueur en série, ce qui, à ce stade, est plus qu'une hypothèse.

Il fit « ah », mais j'eus l'impression que tout ceci le dépassait largement. J'omis de préciser que des détails de cette qualification bien pratique différenciant les organisés et les désorganisés étaient aujourd'hui remis en question par certains criminologues. Sinon, on n'était pas couché.

– Le vol n'est pas le mobile, repris-je : dans les deux cas, rien n'a été dérobé, et lors du premier meurtre, personne n'a dérangé le tueur.

En effet. Quelques heures s'étaient écoulées lorsque le facteur, alerté par des traces de sang, avait poussé la porte et nous avait aussitôt prévenus. Ce facteur que les décideurs des villes voudraient voir supprimé au nom de la « modernité ». Passons.

– Pour l'instant, le seul point commun entre les deux agressions, à part le *modus operandi*, c'est qu'il s'agit dans les deux cas de maisons excentrées, bien qu'elles soient à plusieurs centaines de kilomètres l'une de l'autre. Est-ce pour cela qu'il les a choisies ?

Je me tus avant d'ajouter :

– Des questions ?

Ils secouèrent la tête avec l'air de deux gamins à qui on vient d'annoncer une interrogation surprise.

– Des suggestions ? insistai-je.

Je n'aurais pas dû prendre cette peine.

– Alors on continue de fouiller. D'éventuels rapports entre les deux familles. Les proches, les voisins. Exécution.

Mais ce qui me taraudait, c'était l'idée que justement, il n'y avait peut-être aucun rapport entre les deux familles. Que comme l'avait suggéré Servano, le tueur avait juste choisi des victimes pratiques qu'il pourrait massacrer et disposer sans être dérangé. Dans ce cas, toutes les fermes ou maisons isolées de la région pouvaient être des cibles potentielles.

Combien de centaines cela faisait-il ? Dans quel périmètre ? Rien qu'à y penser, j'avais le vertige.

Notre pire crainte était devenue réalité. En principe, il faut qu'un tueur frappe trois fois pour qu'il soit officiellement un tueur en série, mais pour nous, le doute n'était pas permis.

Sauf que ce n'était pas le genre de sujet qu'on aborde à l'école de gendarmerie.

Mais ce que m'avait dit notre journaliste sur son histoire de *Son of Sam* m'était resté en tête. Alors j'avais décidé de me documenter. Le profilage, les analyses, les documents criminels, tout ce qui pouvait nous aider. Pour tenter de débusquer l'ennemi, il valait mieux savoir ce que l'on cherchait.

C'est ainsi qu'avec une fascination horrifiée, je me plongeai dans tout ce que l'âme humaine pouvait avoir de plus pervers. Et Internet ne manquait pas de documentation sur le sujet. À croire que le sujet passionnait les foules. Et il est vrai qu'à sa façon, il ne manquait pas d'intérêt.

Je découvris une véritable mosaïque sanglante dans laquelle aucune catégorie n'était épargnée. Tous les âges, toutes les époques étaient représentés. Les hommes comme les femmes, contrairement à ce qu'on croit souvent.

La normalité a toujours tendance à accuser des suspects faciles pour s'exonérer de toute responsabilité : les jeux vidéo, la musique dite violente, le cinéma, que sais-je ? Mais est-ce cela qui a motivé Karl « Papa » Denke, un bon Samaritain qui avait toujours un bol de soupe pour les défavorisés mais qui, arrêté suite à une agression, se pendit dans sa cellule ? Chez lui, on découvrit des restes humains et des notes d'une comptabilité maniaque démontrant qu'en vingt ans, ce brave homme apprécié de tous pour sa bonté et sa générosité avait tué et en partie mangé une trentaine de personnes. C'était en 1924, ce qui faisait de lui un contemporain de ses compatriotes Fritz Haarmann, le Boucher de Hanovre, et Carl Grossmann.

Est-ce le cinéma qui inspira Joe Ball, qui se suicida lorsque la police vint l'interroger le 23 septembre 1938, et à qui on attribue le meurtre de vingt femmes ? Est-ce un jeu vidéo qui poussa Gilles de Rais à commettre ses forfaits, même si la nature de ceux-ci est débattue par les historiens ? Ou Erszebet Bathory, la Comtesse Sanglante, à se baigner dans le sang de jeunes femmes en croyant acquérir l'immortalité, soit quatre-vingts corps retrouvés, entre cent et trois cents victimes estimées ?

Car comme je l'ai déjà précisé, contrairement à ce qu'on croit, les femmes ne sont pas en reste, qu'elles soient complices – comme Catherine Birnie qui assista son mari dans sa croisade sanglante des Moorhouse Murders, ou Carol Bundy et Douglas Clark, les Tueurs de Sunset Strip – ou principaux actants comme Aileen Wuornos, dont on ne saura jamais comment elle attira certaines de ses victimes ni même leur nombre exact, puisqu'elle emporta ses secrets dans la tombe. Ou Jane Toppan, l'infirmière meurtrière qui avoua avoir pour ambition de tuer plus de gens que n'importe quel homme ou femme. Ou Annie Dufay, qui assassinait ses amants. Ou Fausta Bonino, l'Ange de la Mort de l'hôpital de Piombino, froide et calculatrice selon les *carabinieri*, qui hâtait la fin des vieillards à sa charge avec un sérum anticoagulant.

Et tant d'autres noms aux quatre coins du globe, sans compter ceux qui sont passés au travers des mailles du filet. Quelle que soit l'époque, quel que soit le continent, quel que soit le décor, urbain ou rural, toujours l'homme a servi de proie à l'homme. Et la normalité a toujours su se venger : dans le passé, les raffinements des supplices réservés à ces assassins font tout autant froid dans le dos que leurs crimes. Écartèlements, huile bouillante, fer rouge, flammes, fer. François Ravaillac, l'assassin d'Henri IV, fut condamné à être « tenaillé aux mamelles, bras, cuisses et gras des jambes, sa main droite, qui tenait le couteau avec lequel il a commis ledit régicide, sera brûlée de feu de soufre, et sur les endroits tenaillés, il sera jeté du plomb fondu, de l'huile bouillante, de la poix, de la résine brûlante, de la cire et du soufre fondus ensemble. Ensuite, son corps sera tiré et écartelé par quatre chevaux ». Son supplice se tint en place de Grève, sous les yeux de la foule, et dura une journée entière. Une barbarie autorisée contre la barbarie transgressive.

Et il en découle une certaine accoutumance, voire une attraction morbide. Il n'y a pas que le cinéma ou la fiction qui s'inspirent des tueurs en série. Des artistes clament parfois leur admiration pour ces monstres. J'étais tombé sur un musicien flamand qui s'inspirait majoritairement des tueurs en série pour ses albums, dont l'un s'intitulait *Bind, Torture and Kill* – soit le BTK Killer, Denis Rader, un homme insignifiant au front dégarni qui se nommait ainsi dans ses rapports avec la police et la presse à cause de son mode opératoire et qui ligota, tortura et tua dix personnes entre 1974 et 1991. La musique de ce brave homme donnait l'impression d'être enfermé dans une fonderie en pleine heure de pointe avec un démon infernal hurlant par-dessus, mais d'après ce que j'avais cru comprendre, c'était l'effet recherché. Je ne tins pas plus d'une minute.

J'ai aussi trouvé un nombre surprenant de sites vendant des T-shirts à l'effigie de tueurs en série, comme s'ils étaient des vedettes de rock. Et peut-être en étaient-ils l'équivalent pour ceux qui payaient pour porter leur effigie ? Ou était-ce juste pour choquer à peu de frais ?

D'où venait cet attrait ? Une forme de transgression par procuration qui devait fasciner quelque chose d'enfoui au plus profond de nous, comme l'avait dit un autre musicien et poète qui avait dédié un concert au tueur Jeffrey Dahmer.

Certains tueurs en série avaient des clubs de fans. D'autres s'étaient mariés en prison et, apparemment, n'avaient eu que l'embarras du choix. Un auteur français spécialiste en la matière semblait traiter ces meurtriers comme des héros, du moins c'est ce que lui reprochaient ses détracteurs. Anders Breivik, le néonazi norvégien qui assassina soixante-dix-sept enfants au nom de théories fumeuses, avait toujours autant d'admirateurs ostentatoires qu'avant sa mort.

Et puis il y avait ces zones qu'on appelle le « Dark Web », et ce « Darkest Web » encore plus sulfureux dont on ignore s'il existe réellement ou n'est qu'une légende urbaine. Des espaces où je n'ai pas pu, ni vraiment souhaité, entrer. J'ai senti qu'ils n'étaient pas pour moi. J'aurais pu m'adresser à notre assistant en informatique officiel pour obtenir les codes nécessaires, mais l'odeur de soufre qui y planait m'en dissuada. Parfois, l'ignorance est préférable afin de préserver sa santé mentale. Lorsqu'un pervers peut trouver sur Internet quelqu'un qui accepte de se soumettre volontairement à ses fantasmes cannibales, comment s'étonner ? Cet endroit était-il vraiment un pandémonium où s'assouvissaient tous les fantasmes interdits ? Qui sait ? Et le découvrir ne m'avancerait guère sur notre affaire. Ce qui, je le rappelle, était mon but initial.

Ce fut une plongée en apnée, brutale, qui m'en apprit plus que je ne le désirais sur les horreurs que l'homme peut perpétrer envers ses semblables. Parfois, je dus sortir faire un tour dans notre village plongé dans la nuit ou mettre de la musique pour me réconforter. Les *Variations Goldberg*, bien sûr, mais aussi des disques de tyroliennes suisses ou bavaroises. Car oui, j'aime bien ces chants populaires souvent qualifiés de ringards, évoquant des Allemands moustachus et bedonnants en *lederhosen* sur fond de chalets – je dirais même que ce côté ridicule assumé fait partie du charme. Les vidéos de Franzl Lang, le roi du yodel, ses chapeaux et ses tenues invraisemblables font sourire, mais pas ses performances vocales d'une virtuosité incroyable. Pour moi, les tyroliennes sont des chants nés de la montagne même, l'essence des bois et des sommets. Une technique née du peuple, servant de méthode de communications entre bergers, pâtres ou voyageurs. Leurs mélodies cascadantes évoquent le gazouillement des ruisseaux au printemps, lorsque le dégel alimente les rus, et le bruissement des branches agitées par le vent. N'en déplaise aux citadins, ce genre existe toujours, il suffit d'écouter les voix d'or d'Oesch's die Dritten, nos quasi-voisins du canton de Berne, qui ont revampé le genre tout en gardant son essence.

C'est ainsi que je tentai de me vider la tête avant de replonger dans une nouvelle fournée d'horreurs. Cherchant toujours ce qui me permettrait d'avancer dans notre enquête.

Parfois, lorsque je quittais mon ordinateur, je pouvais sentir sa présence. Lui, notre démon, invisible, sans visage, mais pesant sur nos consciences. Pas près de moi, mais là, quelque part, dans le vaste monde. Ou plutôt dans cette région que j'aimais tant, qu'il était venu souiller. Que faisait-il ? Où était-il ? Il était facile de se l'imaginer sous les traits d'un démon retournant dans un hypothétique enfer une fois son forfait accompli. Il avait certainement les traits de monsieur Tout-le-Monde, cachant ce même enfer qui n'existait que dans son esprit. Une des constantes dans chaque affaire de tueur en série était l'étonnement des voisins et proches du monstre. « Il était si gentil », « Qui aurait pu deviner ? », s'émouvait-on en chœur. La bête savait se fondre dans la foule. Un prédateur qui se confondait avec son biotope pour mieux duper ses proies. Certains avaient des physiques ordinaires, d'autres avenants, mais jamais l'apparence d'un ogre repoussant. Là non plus, il n'y avait pas de règles. Étais-je censé faire un recensement de tous les hommes les mieux considérés du Jura pour les interroger un par un ?

Au final, je n'en sortis guère plus avancé. La science des tueurs en série était loin d'être exacte, contrairement à ce que prétendaient de prétendus « spécialistes ». Encore maintenant, elle en est plutôt à ses balbutiements.

Loin du profilage basique des débuts, théorisé par Ressler, la règle était surtout qu'il n'y avait pas de règles. Si un bon profileur pouvait faire un portrait psychologique d'un meurtrier en lisant les éléments qu'il laissait derrière lui, il était loin d'être infaillible. Lorsqu'une théorie voyait le jour, elle était aussitôt invalidée par certaines observations. On avait affaire à des zones d'ombre du cerveau, une véritable *terra incognita* où les exceptions semblaient plus nombreuses que les faits avérés. Une maladie qui semblait évoluer plus vite que d'éventuels remèdes. Et que dire maintenant que notre monde – depuis un certain temps déjà – semblait encourager la psychopathologie au sens premier du terme, soit l'absence d'empathie pour autrui ? De là à en dire, comme certains, que les tueurs en série étaient le symptôme d'une société nécrosée... En ce cas, que représentaient les criminels des siècles précédents ?

Si on était incapable de comprendre pourquoi de plus en plus de gens sans histoire explosaient soudain dans des éruptions de violence, comment vouliez-vous comprendre pourquoi, entre deux frères ayant vécu les mêmes abus, l'un devint un citoyen sans histoires et l'autre Jeffrey Dahmer, un tueur en série cannibale et nécrophile qui, pourtant, fut jugé « sain d'esprit » à son procès ? Et qui clama qu'il ne fallait jamais le laisser sortir sous peine de récidive ?

On estimait au nombre de trente les tueurs en série en activité dans l'Hexagone. Plus un ? Ou le nôtre entrait-il dans les statistiques ?

Je finis par abandonner mon ordinateur avec le sentiment d'être arrivé au bout du sujet. Je n'avais qu'une vague idée de ce qu'était ce monstre qui était là, quelque part, tout près, peut-être.

Mais ça ne me disait pas comment l'identifier ni comment

l'empêcher de frapper à nouveau.

Tout ceci ne nous aidait pas vraiment. Mais plutôt que me laisser aller au découragement, j'essayai de faire bonne figure auprès de mon Scooby Gang amputé d'un membre.

*

Cet après-midi-là, je garai ma Focus au parking de terre battue et allai m'asseoir sur un banc au bord du lac de Clairvaux-les-Lacs, toujours désert et silencieux en cette saison. Le soleil n'était qu'une tache orangée digne d'une peinture expressionniste au-dessus de la colline dominant l'autre rive du lac. Dans cette pénombre pâle et brumeuse, le vieux plongeoir métallique au bout de sa jetée ressemblait au squelette à demi écroulé d'une créature préhistorique.

La nature, la solitude m'a toujours aidé à réfléchir. Et j'en avais bien besoin.

C'est là, alors que le jour cédait la place au soir, immobile sur mon banc, à sentir le froid humide s'infiltrer peu à peu sous ma parka fourrée, que je passai et repassai les éléments à notre disposition.

Pas grand-chose, à vrai dire.

Tu as pris tout le temps pour observer cette petite famille. Lorsque...

Et c'est là, soudain, que je compris en une onde brûlante, qui m'aurait fait chanceler si j'avais été debout, ce qui me titillait depuis le début.

Dans la première maison, on avait tué la mère en premier, sur le patio. Ce qui voulait dire qu'elle avait ouvert à l'assassin.

Dans la deuxième, il avait pu s'approcher du père sans que celui-ci n'ait un mouvement de recul.

Pas un seul n'avait opposé la moindre résistance. Il les avait pris par surprise.

Jusque-là, bien que je sache que ce n'était pas le cas, je m'imaginais le meurtrier sous les traits d'un monstre, un géant de légende, un être maléfique aux yeux brûlants de fureur, habité tout entier par sa folie.

Et pourtant, deux personnes n'avaient pas eu le moindre geste de recul lorsqu'il s'était présenté à eux. L'une des victimes lui avait même ouvert sa porte.

Il faut donc croire qu'il présentait un aspect inoffensif, voire rassurant.

Mais lequel ?

Comment avait-il fait ?

Je me levai, traversé par un frisson glacial alors que le froid s'installait en moi. Il était temps d'aller retrouver le reste du gang pour un briefing.

★

– C'est peut-être un facteur ou un pompier, quelqu'un qui n'inspire pas la méfiance ? tenta Caro.

Je reposai ma barre d'haltérophile sur son support et me relevai sur mon banc. Je l'avais chargée à soixante kilos pour ne pas m'épuiser inutilement.

Car nous disposions de notre salle de sport personnelle. Tout comme les pompiers, les gendarmes sont tenus de s'entretenir physiquement. Ce qui n'avait rien pour me déplaire.

Au moins, on nous avait laissé nos haltères et nos appareils de musculation, et même nos survêtements portant le sigle de la gendarmerie nationale – aujourd'hui bien élimés. Lorsqu'on avait désaffecté la caserne, il avait fallu installer les appareils dans une petite salle du sous-sol uniquement chauffée par un radiateur électrique, mais ils restaient à notre disposition. D'accord, les haltères étaient cabossés, la peinture écaillée, et il fallait graisser régulièrement le vélo fixe et les rouages antiques pour que le tout daigne fonctionner, mais j'imagine s'il avait fallu se rendre à Besançon pour pouvoir s'entraîner. Notre matériel n'avait rien à voir avec celui, dernier cri, des immenses salles de gym qui fleurissaient en ville, mais nous nous en contentions. D'ailleurs, nous n'avions pas le choix. Au moins, pour la course à pied ou le vélo, nous pouvions utiliser nos propres affaires. Et de toute façon, qui irait vérifier ?

Je m'essuyai le front malgré le froid pendant que Caro, en survêtement réglementaire elle aussi, descendait de la machine à ramer.

– Comme vous dites, patron, insista-t-elle, personne n'a eu peur de notre gars. Et rien n'inspire plus confiance qu'un uniforme.

– Sauf en ville, remarqua Serge, enfin, dans les coins où les policiers sont plus craints que les voyous.

– On n'en est pas là chez nous, remarqua Caro.

– D'après ce que j'ai lu, fis-je à mon tour, les tueurs en série ont rarement des physiques de monstres. Voir quelqu'un marcher sur une route n'a rien de bien inquiétant.

– Au point d'ouvrir sa porte à un parfait inconnu, comme l'a fait Mme Fioretti ?

– On ignore s'il s'agissait d'un inconnu, soulignai-je.

Façon de dire qu'on ne savait rien du tout.

– N'empêche, imaginez, quelqu'un en uniforme, on ne s'en méfie pas, on part du principe qu'il est là pour votre bien. Et puis, rien ne dit qu'il n'a pas acheté son uniforme quelque part sur le Net. Il n'est pas forcément un membre d'une administration quelconque.

– En plus de meurtre, il serait coupable d'usurpation d'uniforme ? ironisai-je.

– Mais ça se tient, non ? insista Caro.

– Pourquoi pas un gendarme ? Bientôt, tu vas penser que c'est peut-être Serge ou moi qui avons fait le coup !

Elle eut un geste de dérision :

– N'exagérez pas, patron.

– Plus qu'à fouiller tous les placards de toutes les habitations du Jura pour voir qui y planque un uniforme de pompier ou de facteur !

Caro se renfrogna. Elle n'aimait pas que je prenne ses suggestions à la légère.

– Hé, j'essaie juste de me rendre utile !

– Je sais bien, fis-je en entamant mes dix minutes d'étirements terminant la séance. Mais pour l'instant, je ne vois pas trop comment vérifier cette hypothèse.

– Quand même. Le fait que les victimes ne se soient pas méfiées nous dit quelque chose.

– Là-dessus, on est d'accord. Mais quoi ?

N'empêche, malgré mes sarcasmes, la suggestion de Caro avait ouvert une porte dans mon esprit. Pendant que j'étirais consciencieusement mes membres congestionnés par l'effort, je tentai de revoir la scène mentalement.

Tu n'as pas pris la peine de prendre David Sarella par surprise. Il t'a vu du coin de l'œil, une partie de son cerveau reptilien, celui qui assure la survie, a dû juger que tu ne présentais pas la moindre menace. Peut-être t'a-t-il aussitôt évacué de ses préoccupations pour revenir à sa tâche en cours. Jusqu'à ce qu'il se retourne, sans doute en sentant ta présence, là, dans son dos, et que tu le lardes de coups de couteau.

Un uniforme rassurant ? Ça semblait logique, et pourtant, j'avais à nouveau cette sensation d'inabouti. Comme s'il me manquait un élément crucial, mais que je n'arrivais pas à mettre le doigt dessus. Une sensation qui commençait à devenir un peu trop familière à mon goût.

Je secouai la tête. Par moments, le sentiment de ma propre impuissance m'enserrait le cœur comme un étau.

Fin de l'entraînement. Faute de mieux, après une douche, nous sommes retournés poser des questions à des gens qui n'avaient aucune envie de nous répondre.

À ma grande surprise, lorsque je remontai du sous-sol dans un uniforme propre, je constatai que Thomas Servano, le journaliste, m'avait laissé un message. Il me proposait de le retrouver dans la soirée à la même brasserie de Lons-le-Saunier. Avec un numéro où le joindre au cas où je ne serais pas disponible.

Je l'étais. Après d'autres coups de fil infructueux et entretiens sans intérêt, n'importe quelle distraction était bonne à prendre.

Il m'attendait sur la même banquette que la dernière fois, une bière devant lui. Sauf qu'il avait changé. Il semblait plus... alerte. Comme si cette affaire, en le sortant de sa routine, avait éveillé en lui ses instincts de reporter.

Contrairement à beaucoup de mes concitoyens et plus encore mes collègues policiers et gendarmes, je n'avais rien contre cette profession. Les journalistes avaient leur utilité, l'histoire l'avait prouvé. La crise que traversaient les métiers de l'information durait depuis des années, mais était-ce leur faute si le public ne souhaitait plus s'informer ? Et puis la presse papier était une autre affaire que la télévision. Ces soi-disant « reporters » du petit écran se fichaient de la vérité : ils partaient avec un scénario déjà écrit auquel ils devaient se conformer. Et si la réalité ne correspondait pas, c'était le script qui prenait le pas sur la réalité.

– Alors, lui dis-je après les salutations d'usage, vous avez de quoi résoudre l'affaire ?

– Pas vraiment. Mais celle-ci est intéressante. J'ai mené ma petite enquête et...

Je repensai aux visages butés grognant des monosyllabes

que nous devions affronter.

– Comment, m'étonnai-je, vous voulez dire que les gens vous parlent ?

Il eut un sourire rusé :

– Ma carte de presse n'est pas très spécifique. Il me suffit de laisser entendre que je fais des travaux préparatoires pour une chaîne nationale. Croyez-moi, dès qu'ils s'imaginent qu'ils ont une chance de passer à la télé, comme ils disent, ils me raconteraient leur vie dans ses moindres détails.

Oui, évidemment...

– Si cela peut vous consoler, ajouta-t-il, certains m'ont bien dit qu'ils avaient déjà parlé à la police.

– Nous sommes la gendarmerie, pas la police, répondis-je presque par réflexe.

– Pour eux, c'est du pareil au même.

Peut-être aurais-je dû être vexé.

– Et que vous ont-ils raconté de passionnant ?

– De passionnant, rigoureusement rien. Et c'est justement ce qui est intéressant.

– Vous parlez par énigme maintenant ?

Nous nous sommes tus pendant que la serveuse m'apportait mon thé.

– Ce n'est pas ce que je veux dire, reprit notre Rouletabille des montagnes. Vous avez vu cette histoire de patiente qui avait accusé notre bon dentiste ?

– Oui, ça n'a mené nulle part. Vous ne voulez pas en déduire que...

– Non, non. J'ai retrouvé des traces de la plaignante, c'était une mythomane en effet, et il n'y avait pas l'ombre d'une preuve. Mais c'est tout ce qu'il y a sur la famille Sarella. Sans ce meurtre, ils feraient partie de ceux qui viennent au monde et le quittent sans laisser de traces, sinon une progéniture qui s'empressera probablement de perpétuer ce même cycle absurde.

– Je ne vous savais pas philosophe de comptoir.

Il eut un petit sourire bénin.

– Le même schéma se reproduit avec les Fioretti. Le fils s'est fait choper à faire tourner un joint qu'il n'avait même pas apporté lui-même – et n'a apparemment pas recommencé, ou alors pas de façon régulière – et madame a été soupçonnée d'adultère par les commères de son entourage. Le bon vieux téléphone arabe des petites villes, ou, comme dit élégamment Stephen King, si quelqu'un pète à l'apéro, tout le monde le sait avant le dessert. Rien ne dit que ce soit autre chose que des rumeurs. L'amant présupposé de la dame était plombier et avait fait des travaux dans la demeure familiale. Des fois, il n'en faut pas plus pour alimenter la boîte à ragots. J'ai fait des recherches, le plombier est dûment marié et habite désormais Besac. Encore un homme sans histoire.

Besac, parfois encore raccourci en B'zac. L'appellation locale de la brave ville de Besançon.

– Donc, voilà des gens qui ont consacré leur vie à être les plus ordinaires possibles. Deux familles qui ne se connaissaient même pas de vue et habitaient à une certaine distance l'une de l'autre. La seule chose remarquable qu'ils aient jamais faite, c'est d'être assassinés.

– Qu'en concluez-vous ?

– Que mon hypothèse d'origine se vérifie : l'assassin n'en avait pas personnellement après ses gens. S'il y a mobile, et il y en a forcément un même s'il est complètement délirant, je ne crois pas qu'il faille aller le chercher du côté de ces familles ou de leur historique.

– Où, alors ?

Le journaliste fit la moue.

– J'aimerais bien le savoir. Il y a forcément un lien, même s'il n'est pas là où on le croit.

Je décidai de frimer un peu, moi aussi :

– Pourtant, l'histoire regorge de coïncidences. Lorsque Ann Rule, alors journaliste spécialisée dans le fait divers, est mise sur une affaire criminelle par son rédac'chef, comment peut-elle s'imaginer que le tueur n'était autre que Ted Bundy, ce charmant jeune homme si dévoué, aux avis pleins de bon sens, avec qui elle s'est liée d'amitié lorsqu'ils étaient bénévoles à un standard téléphonique de prévention du suicide ? Mettez ça dans une œuvre de fiction, personne n'y croira !

Là, j'avais marqué un point.

– Vous avez mené vos propres recherches, je vois ?

Je haussai les épaules :

– Autant savoir ce que l'on veut trouver.

Il acquiesça :

– N'empêche, je pense encore qu'il nous manque un élément crucial qui nous permettrait d'y voir clair dans cette histoire.

J'aurais pu ironiser ou lui dire qu'il se prenait pour Sherlock Holmes, mais en fait, il venait de mettre en mots ce que je ressentais. Ce n'était pas juste le fait que les victimes ne se méfiaient pas du tueur qui clochait. Il y avait autre chose.

– Si vous le trouvez, vous me tiendrez au courant le plus vite possible ?

Il eut un sourire un peu triste :

– Ou ce sont juste les divagations d'un gratte-papier vieillissant qui s'imagine encore que son instinct de journaliste peut lui valoir LE scoop de sa vie.

Je le rassurai :

– Ne vous en faites pas. À ce stade de l'enquête, tout est bon à prendre.

★

Je sortis du bar dans la nuit étonnamment chaude – le jour d'avant, il faisait un froid de canard –, tournant et retournant dans ma tête ce que Servano m'avait dit.

Je pense encore qu'il nous manque un élément crucial qui nous permettrait d'y voir clair dans cette histoire.

Mais où trouver cet élément, bon sang de bois ? Ça devenait exaspérant.

Je traversai le parking pour regagner ma Focus, trop plongé dans mes pensées pour remarquer la silhouette sombre qui sortit de sa cachette entre deux voitures, ombre parmi les ombres, pour se dresser devant moi.

Classique instant de sidération. L'intrus n'était qu'une masse de ténèbres. J'entrevis une autre silhouette derrière lui. Puis il me poussa violemment en arrière.

Je titubai et évitai de perdre mon équilibre en m'adossant à un arbre.

– Sale flic ! entendis-je grasseyer une voix.

Mon agresseur était déjà sur moi. Pas le temps de tirer mon pistolet réglementaire. Je sentis plus que je vis un poing énorme visant ma mâchoire. Je me baissai. Les phalanges ne heurtèrent que le bois. J'entendis un craquement, un cri de douleur. Je devinai la silhouette que des phares éclairèrent en contre-jour un bref instant, me permettant de viser. Un direct dans l'estomac coupa le souffle de mon adversaire, puis je doublai d'un coup imparable derrière la nuque. Il s'effondra, KO pour le compte.

L'autre homme se précipita vers moi.

– J'vais t'apprendre...

Il ne m'apprendrait rien. Il vint à la rencontre de mon poing. Un direct en plein cœur. Un truc de self-défense parmi les moins connus, mais efficace. Le choc paralyse votre adversaire pendant un certain temps et, contrairement à d'autres coups, c'est absolument sans danger.

Je me glissai derrière lui. Un bref étranglement, et il

glissait au sol à son tour, tout aussi inconscient que son camarade.

Mon cœur battait la chamade. J'avais reçu une sacrée décharge d'adrénaline. Mais ce n'était pas tout. Et si cette agression était reliée à l'affaire d'une façon ou d'une autre ?

Sauf que je me berçais d'illusions. Ce qui me mit la puce à l'oreille ? L'odeur d'alcool que je sentis sur ces deux braves gens. Si par un hasard bien improbable, notre tueur en série avait envoyé des nervis me tabasser – même si on ne pouvait dire que j'étais proche d'une arrestation – je doute qu'ils seraient allés se piquer la ruche avant...

Je tirai mon vieux téléphone et composai le numéro de la police de Lons-le-Saunier. Après tout, c'était leur juridiction.

★

Ils empilèrent les deux gars à l'arrière de leur voiture, guère plus reluisante que notre Scenic. Heureusement, mes agresseurs reprenaient lentement conscience et il suffit d'un homme pour les soutenir jusqu'à la cellule de dégrisement.

Un inspecteur que je connaissais de vue – Lamarre, Lemarre ? – prit ma déposition. Assez succincte. Je me contentai des faits, sans extrapoler ni mentionner notre enquête. Vu que ces braves gens n'avaient pas levé le petit doigt pour nous venir en aide...

– Comment avez-vous fait pour maîtriser deux balèzes pareils ? demanda-t-il, admiratif.

Je haussai les épaules :

– Nous autres, gendarmes, on s'entretient. Et j'ai étudié quelques rudiments de self-défense.

– Plus que des rudiments, on dirait !

– Il suffit de savoir où frapper et de garder son sang-froid, éludai-je.

Il se le tint pour dit.

– Bien dit-il après avoir tapé le tout sur un ordinateur aussi hors d'âge que le nôtre, on ne pourra pas interroger ces individus avant demain matin. Vous êtes sûr que vous n'avez rien ?

J'acquiesçai. Il semblait avoir du mal à croire que je me sois sorti de cette altercation sans une égratignure.

– Alors on verra après témoignage. Je vous appellerai pour complément d'information. Tentez de passer une bonne nuit.

Et il me laissa repartir après un salut réglementaire. Je m'enfonçai donc dans la nuit pour aller récupérer ma voiture au parking.

Malgré tout, je pris soin de rester dans les zones bien éclairées.

★

L'inspecteur Lamarre – ainsi s'appelait-il – me passa bel et bien un coup de fil le lendemain.

Nos gars étaient des marginaux du coin, vivant plus ou moins d'expédients, eux aussi, d'intérim en petits boulots éphémères en contrats zéro heure. Pas des criminels pour autant, même s'ils étaient connus pour quelques bagarres de bars. J'en conclus qu'en effet, l'agression n'avait rien à voir avec notre enquête. Juste un acte gratuit dans un monde qui sombrait petit à petit dans la folie.

Leur mobile ? Mystère. Une fois dessoûlés, ils dirent avoir tout oublié de l'incident. Ils étaient passés directement du salon d'un pote, où une bouteille de vodka avait circulé pendant qu'ils prenaient consciencieusement leur dose cathodique de « Rameau doré », et s'étaient réveillés en cellule.

– D'après ce que vous avez entendu, conclut l'inspecteur,

comme vous étiez en uniforme, ils ont sans doute voulu se faire un flic.

– Je suis gendarme, dis-je automatiquement.

– Vous pourriez être boy-scout, tout ce qu'ils ont vu, c'est un uniforme. Bon, vous portez plainte ?

– Qui sont ces deux gars, d'après vous ?

– Pas vraiment la haute pègre. Plutôt des paumés qui ont eu un coup de sang. Avec leurs antécédents, je ne sais s'ils éviteront la case prison.

– Si je ne porte pas plainte, ils pourront écoper d'un suivi psychologique ?

– Si on les convainc que ça leur fait éviter le gnouf, je crois qu'ils se laisseront faire.

– Alors je compte sur vous pour faire le nécessaire ?

– Comptez, comptez ! Et en attendant, mine de rien, vous avez eu de la chance qu'ils ne se rappellent de rien.

– Pourquoi ?

– Ben, ils pourraient porter plainte contre vous. Après tout, vous les avez mis KO. Il n'y a pas de témoins. En cas de confrontation, ce serait votre parole contre la leur.

Je saluai et raccrochai. Puis restai quelques instants les yeux dans le vague. Porter plainte contre moi alors que c'étaient eux qui m'avaient agressé sans raison. Là...

J'ai ressenti la forêt qui m'appelait. Qu'elle m'étreigne de ses bras de bois et de mousse et que je me fonde en elle pour oublier toute cette démence. Mais je ne pouvais pas. Je ne pouvais pas.

J'avais besoin de réfléchir au calme. Comme le lendemain était un dimanche et que je n'étais pas de service, à la première heure, j'étais allé à l'endroit le plus propice pour ça.

Le lac de Bonlieu est peut-être mon préféré de toute la région. Le plus romantique, prétendent certains. Peut-être parce que c'est un des moins touristiques. Il faut dire qu'il se mérite : on y accède par une marche de dix minutes au milieu des bois avant qu'il vous apparaisse enfin dans toute sa splendeur, encaissé sous une falaise avec une petite colline sur l'autre rive. Partout, des arbres et de l'eau. Symphonie de couleurs que pas un bruit ne vient troubler, si ce n'est le bruissement des feuilles et le pépiement des oiseaux. Comme si la nature elle-même retenait son souffle devant tant de beauté. Et en hiver, les passants sont rares.

Inutile de vouloir s'y baigner, il n'est pas aménagé, ce qui contribue à son isolement. Ce n'est pas un lieu de récréation mais de recueillement, de communion, où on tente de faire la paix avec soi-même et le monde. Rien d'étonnant à ce que saint Bruno s'y soit retiré avec six compagnons pour fonder un monastère voué à l'isolement et au silence.

Aujourd'hui, le sol était détrempé après la relative chaleur d'hier. Par contre, il faisait un froid vif et revigorant, annonciateur de givre.

Lorsque je m'assis sur un des bancs installés face au lac, une fois de plus, j'eus l'impression diffuse que cette affaire sanglante affectait la forêt elle-même. Comme si ces meurtres étaient des actes *contre nature*, au sens le plus littéral du terme. Je n'aurai pas de mots pour l'exprimer autrement, même si ceux-ci sont bien réducteurs.

Les arbres n'étaient pas encore entièrement dénudés, et une première ligne de hêtres dépenaillés se découpait sur la crête sombre des conifères aux sommets déchiquetés. Le soleil apparaissait souvent entre des nuages échevelés d'un beau gris-bleu, et ses rayons illuminaient les flots tout en créant mille jeux d'ombre et de lumière dont la beauté me saisit les entrailles. Une légère brise ridait le lac, le reconfigurant constamment en mille visages en perpétuel mouvement où se reflétaient partiellement les caprices des rayons dorés. Un tel décor donnait une idée de ce qu'était le sacré, même à un mécréant comme moi. Devant tant de beauté, on ne bougeait pas, on ne parlait pas, on respirait à peine. On contemplait.

À ce moment de communion, j'aurais dû trouver la paix intérieure. Et pourtant non.

Cette affaire ne me laisserait jamais tranquille, je le savais. Je tentai d'explorer la façon dont elle affectait jusqu'à la trame de la nature elle-même. Essayant de renouer ma connexion brutalement rompue lorsque j'étais enfant. Il n'y avait pas d'endroit plus propice à cet exercice.

À la place, la forêt m'envoya une vision.

Je cours, cours dans un labyrinthe écarlate fait de troncs ressemblant à des coulures de sang séché. Tout autour de moi, une respiration haletante qui est peut-être la mienne. Ou celle de mon poursuivant. Car quelqu'un me traque dans ce décor sanguinolent. Quelqu'un qui marque de son empreinte ce paysage à vif. Quelqu'un qui, avec la logique aberrante propre aux rêves, semble capable d'entrer et sortir du sol lui-même tel un requin dans l'océan.

J'erre à l'infini dans ce décor sans début ni fin, résonnant de l'incessante scansion rythmique de gigantesques machines invisibles. J'aperçois parfois une silhouette indistincte, mais toujours, toujours hors d'atteinte, je ne sais si je la poursuis ou si je cherche à lui échapper.

Mais je peux entendre sa voix.

Un rugissement de rage et de désespoir. La voix des damnés, ou celle des démons qui les tourmentent. Ou les deux à la fois.

Ce cri qui s'enroule autour de moi comme une liane me retient, pendant que cette chose indistincte, noire, aux contours brouillés, se précipite vers moi…

Je repris connaissance en un hoquet violent. Clignai des yeux. Encore prisonnier de ce rêve. Ou cette vision, au sens mystique du terme ? Difficile de le dire. Il me fallut contempler le lac pour me convaincre que la réalité était bien là, ici et maintenant, et non dans cette forêt sanglante. Et pourtant, le cauchemar était encore là, si vivant…

Le froid, qui s'était infiltré sous ma parka, acheva de me faire revenir à l'instant présent.

Que signifiait cette vision ? J'avais l'impression de le savoir, mais je n'osais…

Mon téléphone vibra dans ma poche. Heureusement, il ne trilla pas. Je n'avais pas le souvenir de l'avoir mis en mode vibreur. Pourtant, dans ce silence, le moindre bruit humain eût semblé une pollution.

Je crois qu'avant même de porter l'appareil à mon oreille, je savais ce qu'on allait m'annoncer. Pourtant, je refusais l'évidence.

La voix tremblante de Caro doucha mes derniers espoirs et fit monter en moi un froid qui n'avait rien à voir avec la température externe.

– Patron ? Venez vite. Il… Il a recommencé.

Une maison banale non loin de Mâcon, dans un petit lotissement remontant au début des trente glorieuses. Voilà la cible que tu t'es choisie cette fois-ci, fort semblable à la précédente. Une nouvelle étape dans ta croisade meurtrière insensée. Car cette maison aussi abritait une famille de quatre personnes, les Lamosse.

Et quelque part dans ton cerveau malade, tu as décidé qu'ils devaient mourir.

Il faisait froid ce matin-là, il était tombé de gros grêlons glaciaux qui avaient martelé la campagne dans un bruissement sourd. As-tu attendu que le temps soit plus clément ? Après tout, il ne risquait pas de te déranger.

Tu sonnes à la porte. C'est Robert, le père, qui vient t'ouvrir. Peut-être en se demandant qui le dérange un dimanche matin à l'heure du petit-déjeuner. Il a sûrement un instant de sidération en te voyant, braquant sur lui ta nouvelle arme. Car oui, tu es passé au niveau supérieur : un fusil de chasse. Plus rapide, moins salissant que le couteau. Mais plus bruyant, donc plus risqué.

Tu ouvres le feu. La décharge le projette à terre dans le couloir. Sa tête heurte le mur. Il ne bouge plus. Sa mort est sans doute instantanée.

Vite, vite, tu entres. Patricia, la mère est là, dans le couloir. Elle a entendu la détonation sèche, vient voir ce qui se passe. Elle subit le même sort que son mari. Une décharge juste au-dessus de l'abdomen et elle s'abat sur le carrelage.

Vite, tu recharges, tu laisses tomber les cartouches vides encore fumantes, tu ne cherches pas à les ramasser, l'odeur de poudre doit être bien âcre.

Tu entres dans la cuisine, là où se tiennent Antoine et Marie, les deux enfants du couple. Respectivement dix-huit et vingt ans. Tu tournes ton fusil vers Antoine, peut-être a-t-il tenté de fuir par la porte-fenêtre, tout le monde disait de lui qu'il avait l'esprit vif. Tu lui ordonnes de s'asseoir. Le temps presse, pourtant, tu laisses filer de précieuses secondes. Peut-être as-tu une hésitation devant son visage d'ange transfiguré par la surprise et l'horreur ? Lui dis-tu quelque chose ? Le saura-t-on un jour ? Et tu lui tires une balle en plein cœur. Il s'abat avec la chaise, bousculant la porte-fenêtre.

Vite, vite, il faut s'occuper de la fille. Tu perds encore quelques secondes à la chercher tout en rechargeant. Prise de panique, elle a choisi la cachette la plus évidente : dans la chambre des parents, sous le lit. Alors tu sautes sur le matelas défait et ouvres le feu une première fois. La décharge lui fracasse la main, elle hurle, trahissant son emplacement. Tu lui envoies une balle dans la tête. Mort instantanée. Le silence retombe.

Tu prends la fille par le bras, la tire sur quelques mètres, vers la cuisine, sans doute pour ta mise en scène macabre, mais tu t'arrêtes et la laisses dans le couloir.

Pourquoi n'as-tu pas disposé les cadavres comme les fois précédentes ? Peut-être parce que tu as entendu les éclats de voix des voisins. Dans ce lotissement, les maisons sont assez rapprochées ; une détonation aurait pu être attribuée à une cause ordinaire – une pétarade de moteur ? – mais pas tant de déflagrations si rapprochées les unes des autres. Est-ce que tu regrettes d'avoir laissé ton rituel incomplet ? Est-ce que le fantasme qui te pousse à tuer implique cette parodie de repas et que son absence débouche sur une profonde insatisfaction ?

Alors tu fonces vers le salon. Tu as probablement déjà prévu ta porte de sortie. Tu évites la rue, ouvres la porte-fenêtre et te précipites vers la haie. Le sol encore mouillé porte tes empreintes. Tu passes par un trou de la haie et te retrouves dans le jardin du voisin. Tu n'as qu'à le traverser et tu arriveras sur la route, où tu as garé ton véhicule.

Seulement voilà, tu tombes sur Pascal Garaud, le voisin de derrière en pantoufles et robe de chambre, qui a entendu les détonations et est sorti voir ce qui se passait. Peut-être avait-il une tout autre raison de se trouver là, on ne le saura jamais car tu poses ton canon contre sa gorge et tire à bout portant, le décapitant presque.

Sa femme, qui prenait sa douche, descend en robe de chambre elle aussi et le trouve ainsi allongé sur le gazon. Elle pousse un hurlement de bête blessée, mais déjà, tu t'es enfui, personne ne t'a vu.

Mais ce n'est pas pour autant la fin de l'horreur.

Dans la maison, Patricia Lamosse a un soubresaut. Elle n'est pas morte et s'accroche à la vie malgré la plaie affreuse qui laboure son estomac. Elle se traîne vers l'entrée, laissant derrière une piste sanglante.

Elle n'avait aucune chance, les plaies à l'abdomen sont toujours mortelles. Généralement abominablement douloureuses. Mais la suppliciée réussit à faire quelques mètres. Elle est presque à la hauteur du cadavre de son mari. Était-ce son but ? Ou se dirigeait-elle vers la sortie ? La souffrance devait oblitérer son jugement, ne laissant plus que l'instinct.

C'est là que Jérôme Laugier, son plus proche voisin, les trouve, elle et son mari. Sa stupeur est de courte durée, c'est un ancien militaire de carrière qui a connu le combat en Afghanistan, il est rompu à ce genre de situations.

Il prend juste le temps de crier à sa femme de ne pas venir. Il sait que cet horrible spectacle la laisserait traumatisée à vie. Il court vers le téléphone fixe, il sait où il se trouve, il connaît les Lamosse, est déjà entré chez eux, ils s'entendent plutôt bien. Il appelle Police secours, leur décrit la situation en quelques mots d'une précision toute militaire. Examine rapidement la maison, découvre les cadavres. Vérifie s'il ne reste pas un souffle de vie dans ces chairs labourées. En vain.

★

Je repris pied dans la gendarmerie. Une vague nausée au fond de la gorge. Cette plongée en plein carnage écarlate avait été aussi effrayante que la précédente. Plus précise, peut-être. Aurais-je réveillé un don de prescience dormant au fond de moi ?

Mes deux collègues semblaient ratatinés sur leurs chaises.

Je les comprenais. Cette histoire ressemblait de plus en plus à un cauchemar.

Cette fois, le tueur nous avait laissé un indice. Il n'était pas un sadique. Il fallait croire que les premières fois, il n'avait eu accès qu'à une arme blanche. L'exécution était un moyen, pas une fin en soi. Oui, mais un moyen de quoi ? Que faire de cette information ? Une fois de plus, le poids de notre solitude, de notre impuissance revint peser sur mes épaules.

Après le coup de fil de Caro, j'étais aussitôt retourné à la gendarmerie enfiler mon uniforme à la va-vite avant de partir sur les lieux dans notre Scenic. Je laissai Caro conduire dans un silence empreint d'un désespoir silencieux, mais presque palpable. Nous aurions pu nous bercer d'illusions et croire que cette fois, l'assassin nous aurait laissé un bel indice bien frappant. Nous aurions pu. Et croire au père Noël, aussi.

Une fois sur place, nous avons examiné les lieux. C'était un lotissement comme il en existe tant, des petites maisons distinctes quoique bâties sensiblement sur le même moule, séparées par des haies diamantées de petites gouttes nées du givre qui les avait étreintes durant la nuit.

Chacune des habitations comprenait un petit jardin, un étage, un garage, des allées où étaient parfois garées les voitures surnuméraires. Des berlines généralement déjà anciennes et bien entretenues, servant à aller au travail dans les communes avoisinantes et pour les sorties dominicales, ou des véhicules plus petits, sans doute dédiés aux courses ou au transport quotidien des enfants. Le genre d'endroit habité par une population de la classe moyenne ou ex-moyenne, souvent des victimes du grand déclassement qui fait des ravages ces dernières années. De braves gens cherchant avant tout le calme et la tranquillité pour eux et leurs enfants. Ils l'avaient trouvé, du moins jusqu'à ce jour.

Et en effet, il régnait sur le lotissement une quiétude toute dominicale à peine rompue par un bruit domestique, un grondement étouffé de moteur, le jappement joyeux d'un chien dans le lointain. Difficile de croire qu'un meurtre abominable venait d'être commis. Quoique, c'était valable partout. N'était-ce pas généralement dans ces coins paisibles qu'on croyait préservés que se cachaient les pires prédateurs, souvent à la vue de tous ?

J'ai soudain compris que pour ces gens abasourdis, plus rien ne serait comme avant. Une créature maléfique s'était introduite dans leur havre de paix et l'avait marqué de son empreinte. À tout jamais. La folie du monde les avait rattrapés, eux qui croyaient s'y soustraire.

Je crus lire ce qui les tourmentait déjà dans leurs expressions hagardes. Les questions essentielles. Que faire ? Où fuir ? Peut-être venaient-ils de réaliser que la sécurité est une illusion, une illusion qui pouvait se dissiper après quelques coups de feu qui ne les avaient épargnés que par miracle, ou par hasard, qui sait ? Et que, un jour ou l'autre, quoi qu'ils fassent, la mort viendrait les chercher.

Un assassinat ne fait jamais qu'une seule victime. Son effet décrit des cercles concentriques, comme un pavé dans une mare, et peut affecter tant des proches que des gens éloignés. À cause de ce qui les touche dans leur chair, mais aussi par les sentiments qu'il fait naître. Conscience de sa propre mortalité, de la fragilité de l'existence. Des peurs intimes, celles qui hantaient déjà l'homme des cavernes blotti près de son feu, tremblant en pensant à ce qui se cachait dans les ténèbres au-delà de son petit cercle de lumière, dans cet univers si immense que même l'homme moderne est bien incapable de le concevoir. Et peut-être d'autres émotions, plus subtiles, plus intimes. Quelle est cette théorie qui dit qu'un battement d'ailes de papillon en Chine peut déclencher un ouragan à l'autre bout du monde déjà ?

Le meurtre. La transgression ultime. Celle qui ne laisse jamais rien ni personne intacte. J'ai ressenti une bouffée de compassion pour tous ces gens dont la petite vie venait d'être bouleversée. Ils n'avaient rien demandé, fait de mal à personne. Pas plus que les Lamosse. Ils auraient pu vivre encore longtemps dans leur petite bulle confortable. Et pourtant, ils subiront les conséquences des actes d'un dément. D'après mes recherches, certains vivront un certain temps avec la peur au ventre. Pour eux-mêmes mais également pour leurs proches, qui peuvent leur être arrachés en un éclair sans qu'ils puissent le prévoir, et, pire encore, sans raison. Futilité de l'existence. Il y aura des dépressions, des divorces peut-être, voire des suicides. L'ombre de notre démon planera encore longtemps sur ce petit lotissement tranquille, bien après qu'on aura effacé toutes les traces physiques de son passage.

Peut-être que s'il était enfin arrêté, certains ressentiraient une forme de catharsis ? Qui peut le dire ? De toute façon, ils étaient déjà passés de l'autre côté du miroir, et il n'y avait pas de retour en arrière.

Je me suis secoué. Au regard interloqué de Caro, j'ai compris que j'étais si plongé dans mes pensées que je devais avoir l'air... ailleurs. Depuis combien de temps ? Je l'ignorais. Mais nous avions du travail.

Nous sommes donc passés à la scène de crime. Avons retracé l'itinéraire de notre monstre. Emmagasiné un maximum d'éléments. Ce n'est qu'une fois de retour au calme, dans notre gendarmerie, que je tenterais à nouveau de faire une reconstitution mentale.

Nous avons vite retrouvé l'itinéraire du tueur. Ses empreintes de pas, les seules fraîches de ce matin, se détachaient nettement dans la terre. Heureusement, Laugier – celui qui avait découvert les cadavres – s'était chargé d'accueillir les secours, mais avait également pris sur lui d'empêcher les badauds de contaminer la scène de crime, comme on dit dans les séries télévisées, et ce avec une efficacité rare.

À un moment, je me suis dit que c'était lui qu'on devrait charger de l'enquête. Il ne ferait peut-être pas mieux que nous, mais il ne pouvait pas faire pire.

L'épouse de Garaud – le témoin assassiné d'un coup de fusil –, sous le choc, avait été emmenée à l'hôpital où on la gardait en observation. Mais il ne fallait pas être grand clerc pour reconstituer ce qui s'était passé et en conclure que ce pauvre bougre avait été victime de la malchance, qu'il n'avait rien à voir avec le plan de l'assassin.

Je ne pouvais m'empêcher de rager intérieurement. Et dire qu'il avait probablement vu le visage de ce démon ! S'il avait survécu... Mais avec des si, on met Paris en bouteille, dit la sagesse des nations. Et somme toute, c'était justement d'avoir vu l'assassin qui lui avait coûté la vie. À quelques secondes près... C'est à ce moment, sur cette pensée dérangeante, que je m'aperçus que mes doigts tremblaient. Je les fourrai négligemment dans ma poche pour que personne ne le remarque en attendant qu'ils se stabilisent.

Cette fois, au moins, les voisins se montrèrent un peu plus diserts. Pourtant, à ma connaissance, ce secteur n'avait pas pris part au dispositif « participation citoyenne », cette variante controversée des « voisins vigilants » où les civils étaient appelés à prévenir les forces de l'ordre s'ils voyaient quelque chose de suspect. Des communes proches comme Loché, Sennecé-les-Mâcon ou Saint-Jean-le-Priche l'avaient adopté, avec des résultats de moins en moins convaincants au fil du temps. Mais dans un cas comme celui-ci, ils n'auraient pas pu faire grand-chose.

Les voisins, certains encore en joggings ou en pyjamas sous leurs robes de chambre, avaient l'air sous le choc, peut-être ressentaient-ils davantage d'empathie. Sans doute parce que dans ce lotissement, tout le monde se connaissait, au moins bonjour-bonsoir. Peut-être ressentaient-ils davantage d'empathie. Ou peut-être se disaient-ils que ça aurait pu tomber sur eux. Ce pauvre Garaud, abattu pour avoir été au mauvais endroit au mauvais moment...

Il serait bien fastidieux de reproduire tous nos échanges, et j'avoue ne pas avoir gardé toutes les bandes. Mais nous avons vite compris que la réponse à la question la plus cruciale était négative. Personne n'avait vu l'assassin. Pas de portrait-robot. Ç'aurait été trop beau. Beaucoup disaient avoir été alertés en entendant les détonations, rares dans le lotissement, mais à part les plus proches de la maison, ils n'étaient pas sortis tout de suite pour voir ce qui se passait. Uniquement en entendant les sirènes des secours. À croire que notre tueur en série était un spectre vengeur qui se dissipait dans le néant après chaque crime.

Par contre, ce qui ressortait des témoignages, c'était que les Lamosse n'étaient pas une famille aussi unie que ça. Les voisins entendaient parfois des cris, des disputes. Rien de bien méchant, mais tout de même. Depuis notre Scenic, je vérifiai les fichiers : ils n'avaient pas de casier judiciaire, pas de plaintes passées ou en cours.

Lorsque nous avons quitté les lieux, passablement moroses, il était quatorze heures passées et nous avions l'estomac vide, Caro et moi. Pas question de trouver un restaurant ouvert à cette heure, il fallut se rabattre sur le McDonald de Lons-le-Saunier, situé sur le parking de la gare, un bâtiment semblable aux centaines d'autres qui jonchent le territoire et sans doute aux millions de par le monde. Sauf que celui-ci avait jadis la réputation d'être assez crade et malodorant. Il faut croire qu'une nouvelle direction, ou un ordre venu d'en haut, avait changé ça. Mais ces ragots me marquaient peu, ce devait être la deuxième fois que j'y mettais les pieds en dix ans.

Nous avons mangé ce repas peu nourrissant en tête à tête

et en silence, chacun plongé dans ses mornes pensées. Caro devait imaginer la longue litanie d'interrogatoires sans effets tangibles qui s'ensuivraient. En attendant un nouveau meurtre ? Pour ma part, c'était ce qui me taraudait. Toujours ce sentiment d'impuissance... Pendant que je chipotais mon menu, la *Variation Goldberg 25* dévidait ses boucles tristes et lancinantes dans ma tête.

Il y a forcément quelque chose. Tu n'as tout de même pas choisi ces familles au hasard, en regardant dans l'annuaire.

Caro passa aux toilettes avant de repartir. Elle s'éternisa, et j'envisageais d'aller voir si tout allait bien quand elle revint. Les yeux rouges. Elle avait pleuré, j'en aurais mis ma main au feu. Je fis celui qui n'avait rien remarqué. À quoi bon ? Je savais ce qui la rongeait et n'avais rien à lui offrir pour la soulager.

De retour à la gendarmerie, nous avons complété le portrait-robot de cette famille pas si unie.

Robert Lamosse était cadre supérieur dans une boîte de traitement du bois basée à Mâcon. Une bonne situation, comme on dit. Suite à un héritage, il avait acheté la maison dix ans plus tôt après avoir loué pendant des années un quatre-pièces intra-muros. Marié depuis vingt ans. Sa femme Patricia était au choix mère de famille ou sans emploi. Elle s'était remise à chercher du travail maintenant que les enfants demandaient moins d'attention. Apparemment, en un an, elle n'avait trouvé qu'une mission d'intérim au syndicat d'initiative. Rien d'étonnant pour une quinqua. Quant aux enfants, ils étaient scolarisés à Mâcon. Pour en savoir davantage, il faudrait faire des recherches plus approfondies.

★

Ce soir-là, une fois de retour dans mon petit appart, le silence me tomba dessus. J'étais à la fois déprimé et sur les nerfs. Pourtant, je ne pouvais rien faire de plus avant le lendemain. Comment tuer tout ce temps ? J'aurais bien voulu avoir une touche avance rapide pour passer directement au matin suivant...

J'eus la surprise de voir que j'avais un message sur mon répondeur. Un dimanche ? Personne ne m'appelait jamais sur mon fixe, à part pour me vendre quelque chose...

C'était notre Tintin reporter, Thomas Servano. Il avait été mis au courant et était aussitôt monté à la gendarmerie. Il m'attendait au café sur la place de Clairvaux-les-Lacs, à côté de la fontaine.

Alors que je renfilais ma parka, je m'aperçus que j'étais plutôt content de le voir. Je commençais à apprécier malgré moi nos petites joutes oratoires. Si seulement elles pouvaient se dérouler dans un autre contexte !

★

La nuit tombait déjà. Pas un chat dans les rues. Les montagnes bordant le village n'étaient que des masses de ténèbres. Seules les fenêtres éclairées démontraient qu'il y avait de la vie à l'intérieur des maisons.

Et bien sûr, partout, les télévisions allumées étaient toutes branchées sur ce maudit jeu.

Je longeai l'église Saint-Nithier en pressant le pas : avec la nuit venait le froid.

Au café, Thomas Servano, le seul assis à une table, était plongé dans un livre. Les rares clients étaient scotchés au petit écran installé en hauteur qui, bien sûr, diffusait des images de ce reality show. Impossible d'y échapper.

Je m'assis en face de lui, interrompant sa lecture.

– Ça commence à faire beaucoup, non ? attaqua-t-il.

Je fis la moue.

– Vous n'avez pas besoin de le faire remarquer.

Je le mis au courant du peu que nous savions.

– Hum, grogna-t-il, plongé dans ses pensées. Le profil de la famille est passablement identique aux autres, même s'il a changé de mode opératoire.

– Vous parlez du fusil ?

– Oui, il y a ça, en effet. Comme vous dites, ça confirme que ce n'est pas un sadique. Mais la différence, c'est que cette fois, il n'a pas choisi une maison isolée où il pourrait prendre tout son temps. Il a frappé au cœur d'un lotissement. La baraque la plus proche devait être à quoi ? Vingt mètres ? Trente ?

Je jurai intérieurement. Il avait raison, bien sûr. Comment n'y avais-je pas pensé tout de suite ? Une pointe glacée me traversa l'estomac. Nous n'étions vraiment pas outillés pour traiter une pareille affaire, moi et mes deux gendarmes. Et pourtant, me répétai-je une fois de plus, il n'y avait personne d'autre.

Désespérant.

Dehors, la nuit s'épaississait à vue d'œil, formant une masse noire qui semblait se presser contre les vitres du café. Une parfaite métaphore pour ce que je ressentais.

– Ce n'est pas innocent, reprit Servano. Il est rare qu'un tueur en série change de mode opératoire en cours de route. Ou alors, il faut croire que les meurtres ne sont pas une fin en soi, juste une étape. Qu'ils cachent son véritable dessein.

– Qui serait ?

Il haussa les épaules :

– Si j'avais la réponse ! Pour autant qu'on sache, on peut aussi bien avoir affaire à une nouvelle forme de meurtrier, un profil qui n'a pas encore été répertorié.

– Ça n'a rien pour me rassurer.

– Je sais bien, dit-il, l'air aussi désolé que je l'étais.

J'eus un petit sourire :

– Pour un peu, j'en viendrais à croire que c'est vous le

coupable, et que votre mobile est de tenir enfin un scoop !

Ce n'était qu'une blague, mais il y répondit sérieusement en écartant les bras :

– Un scoop, alors que tout le monde ne s'intéresse qu'à ce jeu à la con ? (Il désigna l'écran et les clients hypnotisés par leur grand-messe cathodique.) Et puis, on ne devient pas un meurtrier comme ça. Il faut quand même une prédisposition, un manque d'empathie.

– Trait qui semble largement partagé de nos jours, remarquai-je.

– Oui, mais c'est tout de même différent de passer devant un mendiant en ne lui offrant que son mépris ou de chercher des termes humiliants pour les chômeurs assistés, et de planter un couteau dans un corps. C'est tout de même un contact direct, charnel. Il faut soit être totalement insensible, soit brûler de rage...

– Ou avoir été éduqué à tuer. Comme un soldat ou un légionnaire.

– Oui, aussi.

Nous avons laissé passer une minute de silence, chacun remuant des images dérangeantes.

– Par contre, reprit-il, j'ai eu tout le temps d'y réfléchir, et quelque chose me titille. (Il me regarda droit dans les yeux.) Et plus j'y pense, plus je suis sûr que le nom de Marie Lamosse me rappelle quelque chose.

– Quoi ? Vous voulez dire que la fille Lamosse a eu déjà maille à partir avec la justice ? Ou a été mêlée à une affaire ?

– Ça, je ne peux pas vous le dire tout de suite ! Il faut que je consulte mes archives. Mais dès demain matin à la première heure, je vous communiquerai ce que j'ai trouvé.

J'acquiesçai, bousculé par un drôle de mélange d'enthousiasme et de dégoût. Pourquoi tout le monde semblait-il plus doué que nous pour obtenir des éléments nouveaux ?

★

Ayant épuisé le sujet, nous avons continué en parlant de choses et d'autres. Pour une fois, je n'étais pas avide de retrouver ma solitude. Les heures qui me séparaient du lendemain me paraissaient un long tunnel lisse, sans aspérités. Vide.

Et pourtant, il fallait bien rentrer à un moment ou à un autre. J'accompagnai notre journaliste à sa vieille Clio défraîchie, puis je repartis chez moi.

Je mis les *Variations Goldberg* et m'installai dans mon fauteuil. Des idées, des bribes de pensées s'entrechoquaient dans ma tête comme des glaçons dans un verre, incapables de se fixer. Les meurtres, le sang, ces visions écarlates, cette impression que l'horreur infectait la nature elle-même... À la huitième variation – *Variatio 7 a 1 ovvero à 2 claviers* –, je fus pris de nausées qui passèrent peu à peu. À la douzième – *Variatio 11 à 2 claviers* –, de suées assorties de tremblements. À la quatorzième – *Variatio 13 à 2 claviers* –, il se mit à pleuvoir, un bruissement sourd et plombé qui menaça de couvrir la musique du clavecin avant de s'arrêter aussi brutalement qu'il avait commencé.

Le sommeil vint me prendre aux alentours de la vingt-sixième variation, aussi furtif et silencieux que ce tueur que nous tentions de traquer.

Comme je m'étais endormi tôt, je fus réveillé bien avant l'aurore avec encore pas mal de temps devant moi avant d'aller travailler.

Après le petit-déjeuner, je choisis donc de prendre ma vieille Focus bleue pour aller regarder le lever du soleil depuis un point de vue situé à une poignée de kilomètres de là, sur la route des sommets.

Un à-pic s'ouvrait directement sur la vallée, et un peu plus loin, au bout de la route sinuant en contrebas, s'étendait le minuscule village de La Frasnée et sa magnifique cascade alimentant un cours d'eau.

Les cimes des arbres partiellement dénudés n'étaient qu'une masse sombre… puis une langue orangée finit par poindre à l'horizon, teintant de violacé le ciel sans aucun nuage. L'air était d'une propreté absolue, comme lavé par les précipitations de la nuit. Je regardai ce dégradé de couleurs primales, absolues ; nul doute que ce spectacle eût été le même il y avait des millénaires, avant même que l'homme ne s'approprie ces montagnes pour y construire ses routes et ses villes.

La lumière s'étendit peu à peu sur la vallée, rendant la ligne des montagnes plus sombre encore. Des nappes de brume rampaient encore sur les étendues d'herbes, et les premiers rayons firent scintiller les gouttelettes de rosée qui s'y accrochaient. Les arbres, bientôt dénudés, présentaient une symphonie de tons dégradés, roux, bruns et toutes les nuances intermédiaires pendant que les feuilles déjà tombées formaient un tapis au pied de leurs troncs.

En temps normal, ce spectacle m'aurait empli d'une paix intérieure absolue, me faisant oublier le temps et la conscience de moi-même.

Mais comme je l'ai déjà dit, nous n'étions pas en temps normal.

Une fois de plus, la nature semblait… souillée. Inquiète. Il n'y a pas de mots pour l'exprimer autrement.

Était-ce une conséquence de ces tueries ? J'eus à nouveau l'impression qu'il y avait bien plus que les meurtres, aussi répugnants soient-ils. Quelque chose allait à l'encontre de la nature même, quelque chose d'impie, qui bafouait son essence primordiale. Un blasphème, si l'on veut. Mais païen.

Il n'y avait pas là qu'une simple affaire criminelle, je le sentais, même si j'étais incapable de définir en quoi consistait cette... cette abomination. Mais quoi de plus normal ? Je n'étais qu'un vulgaire humain, un petit gendarme impuissant à empêcher ces horreurs de se perpétrer.

Une autre idée s'insinua en moi. J'eus du mal à la formuler clairement, mais lorsqu'elle s'imposa, elle ne voulut plus me laisser en paix.

Et si la forêt se détournait de moi ? Et si je l'avais déçue au point qu'elle ne veuille plus jamais communier avec moi ? Je le savais, je péchais par anthropomorphisme. La nature était bien au-delà de tout ça, elle n'avait pas de tels comportements d'adolescente capricieuse.

Et pourtant...

Si elle m'abandonnait, ce serait pire que la mort, pire que tout. Comment pourrais-je continuer à exister, à défaut de vivre ? Que me resterait-il ? Rien. Ce néant sans rime ni raison qui, pourtant, semblait si confortable aux yeux de bon nombre de mes congénères.

Je contemplais ce spectacle sublime – le soleil formait désormais une langue embrasée à l'horizon, le ciel était d'une pureté de commencement du monde, l'air froid et sec revigorant – qui, pourtant, n'arrivait pas à apaiser mes angoisses. Pas aujourd'hui. Pas cette fois.

Plus jamais ?

C'était une pensée trop horrible pour que je m'y attarde. Alors je montai dans ma voiture et allai endosser mon uniforme avant de rejoindre la gendarmerie.

Thomas Servano était un homme de parole. Il avait promis de me contacter à la première heure, et j'avais à peine posé ma parka sur le siège de mon fauteuil de bureau que le téléphone se mit à sonner.

– Je vous avais dit que le nom de Marie Lamosse me parlait, attaqua-t-il. Eh bien, en farfouillant dans mes archives, j'ai bien trouvé quelque chose.

Il fit une pause un rien mélodramatique.

– Allez-y, insistai-je, puisque c'était ce qu'il semblait attendre de moi.

– Elle a été impliquée dans un fait divers, il y a un peu plus d'un an. Rien de bien méchant. Des collègues à vous ont arrêté une voiture en excès de vitesse et ont découvert quatre jeunes gens, deux garçons et deux filles, tous plus ou moins en état d'ébriété.

– Laissez-moi deviner : Marie Lamosse en faisait partie ?

– Vous devinez bien. Elle n'était pas au volant, heureusement. On l'a crue droguée et, une fois au poste, on lui a fait passer des tests, mais elle était juste remplie de vodka bas de gamme. Elle a passé la nuit en cellule de dégrisement, on a appelé les parents le matin, psychodrame mineur comme il y en a tant. Pas de retrait d'un permis qu'elle n'avait pas, l'affaire en est restée là, avec une semonce.

– Donc rien de bien extraordinaire ?

– Ce qui est intéressant, si l'on peut dire, c'est l'identité des deux garçons à qui appartenait la voiture. Les frangins Fontalban. Farouk et Tony. Vous les remettez ?

Le nom me disait vaguement quelque chose.

– Deux marginaux d'une vingtaine d'années, comme on dit, qui ont souvent eu maille à partir avec la police. J'avais gardé leur profil au cas où. Avec ces cocos-là, on parle plutôt de petite délinquance. Attendez que je les retrouve... Ah, voilà. D'origine inconnue, italienne, manouche, maghrébine, ou peut-être un mélange de tout ça. Officiellement ferrailleurs de leur état, comme leur père avant eux. Celui-ci a eu la bonne idée d'aller s'enrouler autour d'un platane un samedi soir de beuverie, leur laissant en héritage le terrain vague qui lui servait de casse. En fait, ils vivent d'expédients, comme bon nombre de nos concitoyens de nos jours. On les soupçonne de bien des choses : chapardages, cambriolages, vols de voitures, même trafic d'amphétamines, mais comme celui-ci a explosé ces dernières années... Après cette fameuse arrestation, on n'a pas retrouvé de drogue dans leur voiture ou leurs affaires, mais à mon avis, soit c'était un coup de bol, soit ils ont réussi à s'en débarrasser en douce. Si on en croit la rumeur, ces deux-là sortent rarement les mains vides, si vous voyez ce que je veux dire.

– Ils ont un casier ?

– Surtout pour désordre sur la voie publique. Traduire, des bagarres de bals ou de bars. Ils incarnent à merveille la classique mauvaise graine, celle que les mères conseillent à leurs enfants de ne jamais fréquenter. Jusque-là, ils ont réussi à échapper à la prison. Mais ce sont des paumés plus qu'autre chose, aux limites du crétinisme. Je me souviens, j'étais présent pour une autre affaire lors d'un de leurs passages au tribunal de grande instance de Lons-le-Saunier. J'ignore de quoi ils étaient accusés cette fois-ci, mais leur avocat avait bien du mal à leur faire comprendre qu'il ne fallait pas ricaner, tripoter son portable ou faire des gestes obscènes pendant qu'ils passaient devant le juge. Comment il a réussi à les faire sortir, ça...

– Mais comment Marie Lamosse, une fille de bonne famille, a pu se retrouver avec ces deux types ?

– Eh bien, elle n'est pas une oie blanche non plus. Apparemment, ces dernières années, elle a poussé sa rébellion adolescente un peu trop loin. Elle a pas mal d'infractions au compteur. Elle a reçu plusieurs mesures de suspension à son lycée, surtout suite à des bagarres. De menus larcins, aussi.

Elle était bien connue des magasins de Saint-Claude. Rien que du classique.

Je me rappelai ce qu'avaient dit les voisins des Lamosse. Ils avaient mentionné des disputes fréquentes. La connexion était facile.

– Donc, ce serait une fille de bonne famille cherchant à s'encanailler ?

– C'est bien probable. Et d'une grande banalité. Les frangins écumaient les bars et les lieux de distraction de la région, il est possible qu'elle les ait rencontrés à l'occasion.

– Mais de là à les fréquenter régulièrement...

– Qui sait ? Peut-être le frisson de l'interdit, s'encanailler, comme vous dites. Ce côté mauvais garçon, avec ce qu'il suppose de danger, peut être attirant. Parfois, ça peut mal finir, mais je n'ai rien trouvé qui va dans ce sens.

– Comment ont réagi ses parents ?

– Ça, c'est à vous de le découvrir ! Vous m'avez dit que pour cette famille, la vie était loin d'être un long fleuve tranquille. Est-ce une conséquence ou une cause de la conduite de leur fille, ça...

– Mais cela pourrait-il justifier leur assassinat ? réfléchis-je à voix haute. Après tout, nous sommes partis du principe que le coupable était le même monstre qui a tué les deux familles précédentes, mais...

– En effet, voilà qui ouvre des horizons. Vous me tiendrez au courant de l'avancée de l'enquête ?

– Bien sûr. Merci de votre aide, affirmai-je avec sincérité. Elle nous est précieuse. Bonne journée.

Après avoir raccroché, je restai un instant immobile. Une étincelle d'espoir venait de s'allumer en moi. Enfin, pour une fois, nous avions un début de commencement de piste !

Lorsque je revins sur terre, je remarquai que Serge me regardait bizarrement. J'écarquillai les épaules d'un air interrogateur.

– Heu, patron... vous avez vu votre pull ? Il est déchiré !

Je baissai les yeux. En effet, une plaie de dix bons centimètres labourait la laine bleue. Où m'étais-je fait ça ? Je ne m'en étais même pas rendu compte. Je haussai les épaules. J'irais mettre mon autre pull d'uniforme à l'heure du déjeuner. Pour l'instant, il nous fallait farfouiller dans les affaires de certaines familles.

Nous n'apprîmes pas grand-chose de plus, du moins rien qui puisse nous être vraiment utile.

Comme on nous le confirma, les Lamosse n'étaient pas une famille de tout repos.

Nous avons commencé nos investigations par l'entreprise de transformations du bois où travaillait Robert Lamosse, le *pater familias*. Notre Scenic réussit à nous transporter jusqu'à Mâcon sans trop tirer la langue. Comme au lycée, on nous avait réservé une salle de réunion pour conduire nos entretiens – « de routine », avions-nous précisé au téléphone histoire de n'affoler personne.

Dès le départ, cette fabrique vibrante du bruit strident des scies et des ponceuses me fit mauvaise impression. Il y régnait la chape mortifère qui pèse sur les lieux en fin de vie, condamnés par les vicissitudes de l'économie et cette fameuse mondialisation comme un gros fumeur atteint d'un cancer des poumons. Je n'aurais pas su mettre le doigt dessus, mais c'est l'impression que j'en retirai à peine entré dans le bâtiment. Et comme je le constatai par la suite, mon instinct ne m'avait pas trompé.

Au bout de deux heures de défilé de cadres comme d'ouvriers, tous apparemment ébranlés par sa mort, notre portrait de la victime était brossé. Lamosse père avait certes un bon poste, mais il n'économisait pas ses heures pour éviter que la boîte ne coule comme tant d'autres, ici ou ailleurs. Le bois était une bonne industrie, surtout depuis que la région avait tout axé sur le tourisme – et les gadgets ou souvenirs divers, souvent dans ce matériau abondant, fleurissaient sur les étals des boutiques, quitte à appauvrir des pans entiers de forêts –, mais la concurrence était rude. Il y avait déjà eu une charrette de licenciements – pardon, un plan social – deux ans plus tôt, et toute l'entreprise craignait une nouvelle fournée. Résultat, l'ambiance était à fleur de peau, ce qui n'était jamais très bon pour l'équilibre nerveux du personnel. Les tempéraments s'échauffaient vite et les disputes étaient fréquentes.

Lors de notre passage à la fabrique, nous avons demandé si Robert Lamosse avait eu des mots avec quelqu'un en particulier. Réponses négatives.

– On n'est pas des assassins, nous, monsieur ! s'était offusqué un cadre.

Je me retins de lui dire que pourtant, quelqu'un avait bien massacré la famille de son collègue à coups de fusil, mais je laissai glisser. Ces gens avaient l'air fatigués, usés – et pas que par le travail. Inutile d'en rajouter à leur tourment.

Tous nous assurèrent que Robert Lamosse était quelqu'un de bien, un bon professionnel et un être humain bourré de qualités. Était-ce sincère ou la conséquence de cette propension qu'ont les défunts à se retrouver soudain pétris de qualités ?

Nous avons fini par remballer notre dictaphone. Inutile de continuer les entretiens : notre portrait de la victime était complet. Robert Lamosse était quelqu'un qui avait certes des problèmes, comme tout le monde, mais pas de véritables ennemis assez furieux pour non seulement l'exécuter lui, mais toute sa famille par la même occasion.

Je gardai en mémoire ce que me dit un des employés avant de repartir :

– Ça ne m'étonne pas, un truc pareil. Depuis le temps que ça va mal, je savais qu'un jour ou l'autre, quelque chose allait péter. Il ne restait plus qu'à savoir quoi et comment.

J'avais acquiescé. Je n'aurais pas dit mieux.

★

Alors que nous progressions dans notre enquête, nous constatâmes que Robert Lamosse avait bien d'autres raisons de s'en faire.

Rien n'allait plus avec sa femme, Patricia. Celle-ci avait de quoi stresser, elle aussi. Elle venait de découvrir que plus personne ne voulait embaucher une ex-mère de famille, quinquagénaire de surcroît. Avec les soucis de travail du père, voilà qui devait exacerber les tensions, d'autant que de l'avis général, Patricia Lamosse s'échauffait vite.

Puis il y avait Antoine, le fils.

Facile à définir : une belle gueule et un poil dans la main. On le trouvait « sympa, l'esprit vif quand il voulait, mais un peu mou ». La famille s'était saignée aux quatre veines pour l'envoyer dans une boîte à bac privée de Besançon, mais il avait passé plus de temps à multiplier les conquêtes féminines qu'à travailler et n'avait décroché son précieux diplôme que de justesse malgré le taux de réussite impressionnant dont se vantait le lycée. Pire, il avait abandonné ses études de droit après trois mois en prétextant qu'il « ne le sentait pas ». Selon l'humeur du moment, il voulait devenir paysagiste, ecclésiastique – la famille était croyante, ou prétendait l'être – journaliste, peintre, cinéaste. Le portrait-robot était celui d'un ado déboussolé que les tensions dans sa famille mettaient mal à l'aise et qui compensait en profitant de ses charmes, puisque de l'avis général, c'étaient les filles qui venaient vers lui sans qu'il ait à faire le moindre effort. Ce qui lui valait des jalousies dont il ne se rendait pas compte, mais une fois de plus, rien qui puisse justifier qu'on veuille le tuer.

Tout comme ses parents, il avait été soigné pour dépression par un psy de Mâcon. Lorsque nous avons retrouvé son nom et passé un coup de fil, il nous parla d'une famille unie, mais qui s'effilochait au fil du temps sans réussir à trouver un point d'ancrage. Peur des difficultés financières, du déclassement, de nouveaux conflits auxquels ils ne savaient comment faire face. Il nous apprit que Patricia avait pensé à demander le divorce, mais n'était pas encore passée à l'acte.

Puis il y avait le cas de Marie Lamosse, la fille prodigue. Un peu l'équivalent du fils paumé, sauf qu'elle avait choisi l'excès inverse. À l'apathie généralisée de son frère, elle préférait les passions extrêmes, la révolte ouverte.

Autant laisser la parole à Patricia K. – oui, elle avait le même prénom que Mme Lamosse –, celle qui se disait la meilleure amie de la défunte. Une jeune femme de son âge, avec une coupe de cheveux courte déstructurée et une tenue monochromatique, pantalon et chemisier, qui, d'après Caro, était la dernière mode chez les ados. Elle portait des boucles d'oreilles prolongées de petites pierres qui ne cessaient de changer de couleur, comme des planètes en miniature, et un béret de grand-père était vissé sur sa tête. Il faut croire que ce couvre-chef était redevenu à la mode, lui aussi.

Là où la plupart des ados que nous avions interrogés semblaient sous le choc et peu diserts – peut-être parce qu'ils se retrouvaient soudain face à la notion de leur propre mortalité, dont on n'a pas toujours conscience à leur âge, cette « première mort » dont parle Dylan Thomas, celle qui ouvre la porte interdite et vous marque à jamais – Patricia se mit à parler à une cadence de mitraillette, faisant les questions et les réponses sans se faire prier. Même lorsqu'elle se mit à pleurer en cours de route, elle continua en ignorant ses larmes. Voilà donc la retranscription par Caro de son entretien, enregistré au dictaphone :

« C'est vrai, j'étais sa meilleure amie, sa *bestah*, comme disait ma mère, enfin, avec elle, c'était difficile de dire avec ses sautes d'humeur, elle pouvait exploser un jour et vous balancer des horreurs, pis le lendemain, elle venait s'excuser, pleurer, et on finissait par se rabibocher. Elle est… était comme ça, toujours dans l'excès, et avec ses tocades, c'était pas facile de suivre, vous comprenez… On aurait pu dire qu'elle faisait n'importe quoi pourvu que ça choque, et c'était vrai, mais à sa façon, elle était sincère, même si ça durait pas… C'est dur à expliquer… elle a eu une courte période où elle se passionnait pour Hitler et la guerre, je sais pas si c'était juste une fascination ou si elle virait vraiment nazie, j'crois que c'est la sale influence du type avec qui elle sortait, le genre bombers et crâne rasé, vous voyez, mais ça n'a pas duré, il s'est fait arrêter dans une manif à Lyon, je crois qu'elle avait déjà rompu avec lui, pis elle a vu ce vieux film avec Brad Pitt, là, et tout d'un coup, la voilà anarchiste, prétendant qu'il fallait faire péter le système, même si elle précisait jamais c'que c'était que ce "système". Quand elle était gamine, pendant longtemps, elle a voulu se faire bonne sœur, puis elle a lu le Coran, pendant un temps, elle parlait de Daech et tout ça, puis elle a décidé que ces types-là savaient pas ce qu'était le Coran, que c'était des branleurs et des brutes, et elle a laissé tomber, je sais pas si elle serait vraiment partie ou si c'était juste… comme ça. En fait, j'crois surtout qu'elle était malheureuse, ça n'allait plus très fort dans sa famille, ça se disputait, son frangin l'énervait à ne pas vouloir foutre une ramée… Un jour, elle m'a appelée en disant qu'elle voulait se suicider, j'suis restée avec elle une heure au téléphone, je sais toujours pas si c'était un bobard ou un appel à l'aide, comme disent les psys. J'ai fait ce que j'ai pu, mais j'pouvais pas arranger les choses avec sa famille… Comment ? Oui, ces derniers temps, elle déconnait pas mal… Elle glandait sur la place Gardon avec une bande, elle allait dans les magasins piquer des bouteilles d'alcool et ils les faisaient tourner… Elle a bien failli avoir des ennuis avec des vigiles, c'est sûr, mais elle s'en sortait toujours. Les frangins Fontalban ? Ces débiles mentaux toujours foncedés ? Je sais qu'elle a traîné avec eux, je comprenais pas pourquoi, j'ai toujours pas compris, je crois que c'était juste une occasion pour faire la fête… Je crois qu'elle a un peu dealé de leur fichue came de merde, enfin, pas à moi, je touche pas à ces saletés, je tiens à ma santé. Comment ? Oh, non, pas de la coke. Ces trucs bon marché que tout le monde a l'air de fabriquer dans son garage. Je veux pas cafter, mais il y en a au lycée... Et pas que là. C'est de plus en plus dur, les gens ont du mal à tenir le coup... Bref. Un jour, elle a décrété qu'ils étaient « nazes », les frangins, je veux dire, je crois que l'un d'entre eux avait voulu sauter le pas, ou peut-être les deux, allez savoir avec eux. Mais une autre fois, je l'ai revue avec un des frangins, Farouk ou Tony, je sais pas. C'est comme avec ce skin, des fois, elle me fichait la frousse, je sais pas ce qu'elle leur trouvait, tous ces types pas fréquentables, c'est bien joli de vouloir choquer, mais j'avais peur qu'un de ces jours, ça finisse mal. Puis voilà, c'est ce qui est arrivé, oh merde, Marie, j'ai fait ce que j'ai pu... »

C'est à ce moment qu'elle se mit à sangloter pour de bon, subitement, comme si on venait d'ouvrir les vannes, et que je mis fin à l'entretien.

Je restai là, sans trop savoir quoi faire face à cette fille qui versait toutes les larmes de son corps et son cœur. S'il y a une chose que je déteste en ce bas monde, c'est bien de voir une femme pleurer. Alors pendant que mes entrailles se glaçaient peu à peu, je restai là, immobile, conscient de mon propre ridicule, de mon impuissance. Une fois de plus. Tant pis si l'on prenait mon attitude pour de l'insensibilité. Je n'avais rien d'autre à proposer.

La jeune prof qui était présente, en retrait, vint prendre la meilleure amie dans ses bras. Patricia enfouit son visage dans les bras de la femme qui nous décocha un regard noir, comme si nous étions personnellement responsables de son état.

Je ramassai le vieux dictaphone que j'avais posé sur la table et l'éteignis. Le petit témoin rouge fut aussitôt soufflé.

– Je crois que nous vous avons assez ennuyées comme ça, dis-je à la prof.

Les sanglots qui secouaient les épaules de Patricia commençaient à se calmer. La prof acquiesça comme si, effectivement, nous l'avions assez ennuyée comme ça.

J'eus un soupir. Au moins, pendant nos deux heures d'interrogatoire, personne n'avait mentionné ce reality show à la noix. C'était déjà ça, j'imagine.

*

– On a tout le portrait d'une ado rebelle, avec de mauvaises fréquentations, peut-être impliquée dans des trafics. Quelqu'un comme ça peut se faire des ennemis. Qui sait, elle cachait peut-être de la drogue chez elle ?

Je levai les yeux de mes lasagnes pour regarder Caro, assise en face de moi. Après les interrogatoires, nous étions allés déjeuner dans une pizzeria du centre de Mâcon. Derrière nous, une table de quatre était occupée par des étudiants qui, à en juger par leur discussion animée, se piquaient de littérature. La première moitié de leur discours consista à casser toute la littérature française actuelle, nulle dans son ensemble, qui « ne devrait même pas exister » et dont on se demandait « comment on peut publier ça ». La seconde moitié à gémir parce que pas un seul éditeur ne voulait publier leurs chefs-d'œuvre respectifs. Il y avait comme une faille dans leur raisonnement, mais apparemment, elle leur échappait totalement.

Bien sûr, un écran plat diffusait des images du « Rameau doré », passées, présentes, à venir, que sais-je ? Des fois que les clients soient en manque en plein déjeuner. Notre table et celle de nos futurs Goncourt des campagnes étaient les seules à n'y prêter aucune attention.

– C'est une piste, répondis-je, mais on bute toujours sur le même obstacle : pourquoi tuer toute la famille ? Et a-t-on ou non affaire au même tueur ?

– Dans les affaires de dope, on a vu encore plus sanglant.

– Affirmatif, comme les meurtres de l'avenue Wonderland en 1981 à Los Angeles. Mais c'était une vengeance, les victimes avaient braqué violemment la maison d'Eddie Nash, un caïd du crime, et avaient été assez débiles pour s'afficher avec des bijoux qui lui appartenaient, ce qui lui était revenu et...

Caro me fixait d'un regard vide. J'eus un petit geste :

– Laisse tomber. On peut regarder la piste de la drogue, mais je doute que ça nous mène quelque part. Il faudrait vraiment que les victimes soient dedans jusqu'au cou, et ça ne correspond pas à leur profil.

– Comme vous l'avez expliqué vous-même, insista-t-elle, lorsque des tueurs en série sont démasqués, tout le monde s'étonne en disant qu'ils étaient si gentils, qu'ils avaient l'air si normaux. On a vu plus étrange...

En effet. Comme des meurtres en série particulièrement abominables dans des montagnes paisibles, le tout dans l'indifférence générale. Une réflexion que je gardai pour moi.

– On verra une fois de retour au bureau, affirmai-je avant d'enfourner une bouchée de lasagnes.

★

À mon grand étonnement, à notre retour, le parquet nous avait envoyé les fadettes des téléphones de la famille Lamosse. Qui ne nous en apprirent pas plus que les précédentes. Les enfants faisaient un usage immodéré de leurs portables. Antoine recevait de nombreux SMS, parfois accompagnés de petits cœurs, l'enjoignant de rappeler des Ginette – oui, ce prénom avait connu un regain qui n'avait guère duré plus d'un an – des Marjorie, des Whitney, des Clémence, des Assia, des Claudie, des Jessica, etc., etc. Ce qui confirmait sa réputation de joli cœur, mais ne nous avançait guère.

Marie était plus sobre. La plupart des appels étaient adressés à sa mère. Rien de suspect non plus. Mais si elle s'adonnait au deal à la petite semaine, elle n'était pas assez bête pour le faire depuis son propre smartphone. Même nous, dans notre Plouquie, savions que les criminels faisaient un usage immodéré de ces téléphones à carte prépayée qu'on trouvait désormais pour une misère dans n'importe quel magasin.

Détailler les appels des parents se révéla tout aussi fastidieux, mais ils ne nous en apprirent pas plus. Avec un soupir, j'abandonnai les fadettes pour me renseigner sur le trafic de drogue dans notre beau pays... lorsque soudain, l'écran de mon ordinateur antédiluvien s'éteignit. Planté. Pas moyen de le remettre en marche. Avec un soupir, Serge avait déjà tiré son téléphone pour appeler notre informaticien de génie.

*

Il s'appelait Rémi Selard et bossait dans une des deux boutiques en informatique de Lons. Il n'avait rien de la caricature du geek, au contraire : il fréquentait les salles de gym, mais était plus athlétique que gonflé de partout comme un culturiste. Il avait des cheveux blonds bien taillés et le genre de sourire éclatant mettant en évidence la petite fortune que ses parents avaient dû claquer en soins dentaires. Il connaissait les ordinateurs et les programmes mieux que le fond de sa poche et se mettait toujours en quatre pour nous dépanner, quelle que soit sa charge de travail.

Heureusement, il put venir de suite et farfouiller dans les entrailles de l'ordi. Il en tira des plaques vertes renfermant tout un réseau de trucs et de machins qui évoquait une ville miniature avec ses immeubles et ses rues. Au bout d'une heure, l'écran s'alluma enfin. En remisant ses outils, il se tourna vers moi :

– Vous savez, il y a un jour où je ne pourrai plus le rafistoler avec du scotch et des rustines.

Je haussai les épaules. Il savait comme moi à quel point les fonds étaient rares.

– Si je gagne au loto, j'en achète un.

– Ou à « Rameau doré » ?

Je crois qu'il ne comprit pas pourquoi je lui jetai un regard noir, mais il ne fit pas de commentaires.

★

Une poignée d'heures plus tard, j'en savais plus sur le trafic de drogue dans le monde.

Ça restait une des entreprises mondiales les plus lucratives, d'autant que, du fait de la prohibition, les prix restaient généralement élevés puisque comprenant une taxe de blanchiment. De Madrid, ancienne plaque tournante de l'Europe d'où partaient les fameux *« go fast »*, ces livraisons rapides effectuées dans des voitures de sport devenues de plus en plus sophistiquées, à l'Afghanistan, de New York à Berlin, des réseaux fort bien organisés se chargeaient de fournir une demande fluctuante qui avait explosé dans les années soixante-dix. Tous les milieux étaient touchés : il était de notoriété publique que la cocaïne était la drogue préférée des classes aisées, de Hollywood à Paris où, depuis le boom des années quatre-vingt-dix, elle était quasiment devenue un marqueur social. Inutile de dire que dans un monde où la précarité se généralisait de plus en plus, on ne manquait pas de petites mains pour servir de « mules », « passeurs », « nourrices », « stockeurs » ou simples dealers, qu'ils fourguent leur produit dans la rue ou à une clientèle sélectionnée, généralement du même milieu social qu'eux.

Et le marché, comme tous les marchés, était en pleine évolution.

Alors que le cannabis et autres herbes devenaient excessivement banales, au point qu'on relançait périodiquement l'idée de les rendre légales, les classiques cocaïne et héroïne se trouvaient surtout dans les grandes villes. L'essor des drogues de synthèse, qu'on pouvait fabriquer dans des laboratoires mobiles, avait changé la donne : des produits moins chers, moins destructeurs que l'horrible crack – un client qui s'autodétruit trop rapidement n'est plus une source de revenus –, pouvant passer directement du producteur au consommateur sans devoir traverser plusieurs pays ont envahi le marché.

De plus, comme je le lus dans un document sur l'intranet des stups, comme les produits de base étaient faciles à se procurer, on vit naître des microtrafics à rayon d'action limité, loin des puissantes mafias. En se démocratisant, la fabrication de la drogue devenait accessible à tous, ou presque. Sur le Darknet, il était relativement facile de trouver des kits et des manuels du petit chimiste permettant de transformer sa cuisine en laboratoire.

Du coup, nos campagnes furent touchées par une épidémie de consommation d'amphétamines et de métamphétamine, drogues jadis légales – on en distribuait à tour de bras aux soldats durant la seconde grande boucherie mondiale et, dans les années cinquante, on la prescrivait comme complément à un régime alimentaire et comme antidépresseur – qui, jusqu'à il y a peu, n'avaient pas trop de succès chez nous. Sous forme de cristaux (d'où son surnom de *« cristal meth »*), elle était particulièrement facile à créer. Ces substances engendrent une fausse sensation de bien-être, de force, d'intelligence, comme une forme de cocaïne du pauvre mais dont les effets durent bien plus longtemps. Je repensai à cette fabrique où travaillait Lamosse et à l'aura presque palpable de désespérance languide qui s'en dégageait. Oui, il était tentant d'aller chercher un peu de réconfort, aussi illusoire fût-il, dans les paradis artificiels...

Ces produits, par contre, ont des effets secondaires d'une dangerosité avérée tant sur le corps que l'esprit. Le nombre de victimes hospitalisées suite à un excès d'amphètes et ses dérivés n'avait cessé de croître ces dernières années. Le nombre de décès, évalué à mille par an, était en constante augmentation. Nos campagnes abandonnées payaient un lourd tribut.

J'eus une vision de paysans ruinés par les centrales d'achat, qui les pressuraient toujours plus malgré les grandes promesses des gouvernements successifs, choisissant d'installer un laboratoire de *cristal meth* en lieu et place du traditionnel alambic distillant la gnôle maison. De quoi donner froid dans le dos.

Quant à l'action de la police… Je l'ai déjà dit : pas d'argent, pas d'argent, alors que les trafiquants, eux, brassent des millions. En fouillant un peu, je tombai sur le récit d'un coup de filet mené à Vannes, depuis longtemps la plaque tournante en Bretagne, avant même Rennes. À Vannes, la brigade des stups se composait alors de deux policiers. Comptez-les. Deux *très bons* policiers, mais ils ne pouvaient tout de même pas faire des miracles. Et si ça se trouve, depuis, l'un d'entre eux n'a même pas été remplacé. Comme dit le bon sens paysan, même la plus belle femme du monde ne peut donner que ce qu'elle a…

Lorsque j'émergeai de mes recherches, il faisait un noir d'encre derrière les fenêtres du bureau. Je n'avais pas vu le temps passer.

Je me laissai aller sur ma chaise. Un nom me trottait dans la tête. Ces fameux frères Fontalban. Des délinquants qui avaient côtoyé Marie Lamosse.

C'était une piste bien mince, mais c'était toujours une piste.

Alors autant l'explorer.

Pour une fin de matinée, il faisait particulièrement sombre. De gros nuages noirs, si bas qu'ils semblaient vouloir écraser la campagne sous leur masse, roulaient dans un ciel colérique. Une ambiance de fin du monde, à l'air chargé d'ozone et d'une humidité moite, promesses d'un orage apocalyptique qui ne se décidait toujours pas à éclater.

Un temps à vous mettre des fourmis dans les jambes et les nerfs en pelote, et pourtant, il nous fallait garder tous nos esprits. Cette fois, c'était Serge mon binôme, histoire de varier les plaisirs.

Le terrain vague des frères Fontalban, qu'ils étaient censés partager avec un oncle éloigné, ressemblait plus à un dépotoir qu'à une ferraille. Les carcasses désossées de véhicules inidentifiables, masses sombres boudant entre deux flaques creusées dans une terre couleur pétrole, cotoyaient des amas de pièces diverses dont on se demandait bien à quoi elles pourraient servir un jour. Une construction évoquant une cabane à outils surdimensionnée – un atelier ? – flanquait une espèce de caravane grand format qui n'irait plus jamais nulle part, puisqu'on avait remplacé ses roues par des cales de ciment.

C'était là que vivaient les deux propriétaires des lieux. Une vérification m'avait appris qu'ils n'y étaient pas seuls : un vague oncle plus âgé habitait avec eux et des membres de leur famille étendue passaient régulièrement. Simples visites de courtoisie ? D'après ce que nous avions appris, j'en doutais fort.

On distinguait de la lumière par les fenêtres de la caravane : l'oiseau était au nid, comme on dit. Une vieille voiture blanche aussi laide que crasseuse – une Citroën ZX avait identifié Serge, qui s'y connaissait mieux que moi – était garée devant la caravane. Fonctionnelle ou en panne ? Difficile à dire. Il y avait aussi une camionnette blanche – Peugeot Partner, toujours selon Serge – aux pneus à plat, au pare-chocs rafistolé par du gros papier collant beige.

Une grille protégeait l'entrée du terrain vague, mais elle était ouverte, peut-être cassée. Il faut croire qu'ils ne craignaient pas les voleurs. Quoique, qu'y avait-il à voler ? Il n'y avait pas non plus de chien ou tout autre animal susceptible de monter la garde.

Je baissai mes jumelles. Nous avions trouvé une petite butte surélevée offrant une vue imprenable sur le terrain vague d'une bonne centaine de mètres sur cent entouré de murs de ciment, puis d'une clôture sur le côté gauche. Au départ, je voulais juste m'assurer qu'il y avait quelqu'un, mais cela faisait plus d'une demi-heure que j'étais là, à examiner les lieux. En repérage.

Je ne savais pas à quoi je m'attendais exactement, mais pendant que j'étudiais ce décor sordide, les frangins avaient eu une visite. Une voiture s'était aventurée sur le chemin, dérapant dans la gadoue. Son propriétaire, simple silhouette drapée dans un manteau, était allé toquer à la porte. On lui avait ouvert – mais l'angle de mon champ de vision ne m'avait pas permis de voir qui – et après deux ou trois minutes, il était ressorti et était remonté dans sa voiture pour repartir aussitôt.

Hum. Un peu court pour une visite amicale. Plutôt quelqu'un qui était venu se ravitailler.

Je n'avais pas voulu annoncer notre passage par un coup de fil. Nous saurions bientôt si j'avais eu raison.

★

Je laissai le volant à Serge. Il y avait de l'électricité dans l'air, dans tous les sens du terme. Ce climat bizarre, oppressant, vous ferait imaginer toutes sortes de choses.

Serge était bien meilleur conducteur que moi, et vu l'état des pneus de notre Scenic, une fois la grande porte franchie, il fallait avoir la main sûre pour éviter de déraper et d'aller rejoindre les épaves jonchant le terrain vague. Les grands bruits d'eau produits par les roues alors que nous progressions au pas n'avaient rien de rassurant.

J'imaginai un instant que nous finissions embourbés, réduits à faire venir une dépanneuse. Le comble de l'humiliation.

En arrêtant le Scenic à quelques mètres de l'autre voiture dans le grand terre-plein devant la caravane qui servait d'habitation, Serge murmura entre ses dents serrées :

– J'espère qu'on n'aura pas fait ça pour rien...

Je me contentai d'acquiescer en ouvrant la portière. Heureusement que nous avions nos bottes de caoutchouc ! Il planait sur les lieux un relent d'eau croupie et de choses pourrissantes. Comment pouvait-on vivre comme ça ? Puis je pensai aux SDF dépenaillés, toujours plus nombreux, que j'avais vus lors de mes rares passages en grande ville. Évidemment, ce décor sordide était toujours mieux qu'une porte cochère puant l'urine.

Nous n'avions pas fait un mètre et je sentis que quelque chose n'allait pas.

Suivant mon instinct, je tendis le bras pour arrêter Serge qui marchait à côté de moi. Je fixais la caravane échouée lorsque j'entendis – perçus ? – des exclamations étouffées à l'intérieur.

Puis un tintement. Quelque chose venait de briser la fenêtre. Un petit machin noir apparut...

– En arrière ! fis-je en un souffle.

Nous avions à peine tourné les talons que les premières détonations résonnaient, vite suivies du *floc* des impacts frappant le sol détrempé. Je crus entendre un cri indistinct. Une exclamation, plutôt. Certainement quelque chose de fort peu aimable.

Les détonations sèches vrillèrent l'air chargé d'ozone et d'humidité.

Je m'attendais à ce que des balles me sifflent aux oreilles, redoutais un impact soudain contre mon dos qui m'aurait projeté dans la gadoue. Mais non. Au bruit, les coups ne s'approchaient même pas de nous. Comme si le mitrailleur tirait dans le tas sans prendre la peine de viser.

– Allez, v'nez-y, bâtards ! cria une voix depuis la maison.

Je me jetai à plat ventre derrière le Scenic, entrant en contact avec cette gadoue putride. Une protection comme une autre. Je me retournai aussitôt. Serge ? Il me suivait. Il allait plonger à son tour... lorsque soudain, il s'abattit comme s'il avait heurté un fil invisible tendu à quelques centimètres au-dessus du sol.

– Serge !

Je me retournai dans la boue avec la grâce d'un crapaud, tendis le bras en restant collé le plus possible au sol et empoignai le col de sa parka. Toutes sortes de pensées s'effilochaient dans mon cerveau.

Je tirai Serge à l'abri derrière le Scenic. Heureusement qu'il était garé en biais ! Il nous servirait de protection. Sous sa barbe, le visage de mon binôme était un masque de douleur.

– Il t'a eu ? grinçai-je.

– La jambe...

En effet, son pantalon était transpercé au milieu de la cuisse. Du sang sourdait de la plaie encore fumante. Je pris mon foulard et fis un tourniquet improvisé. Pourvu que la gadoue n'ait pas éclaboussé la plaie ! Dieu sait quels germes pouvaient frétiller dans un tel bouillon de culture.

– Ça ira ?

Il était blanc comme un linge et son front était luisant de sueur, mais il acquiesça avec un rictus qui se voulait un sourire.

– Ça fait moins mal que j'aurais cru...

Choc retardé, ou quelque chose comme ça. J'avais lu des

histoires de soldats qui crapahutaient joyeusement pendant jusqu'à une heure avant de se rendre compte qu'ils étaient blessés. Quoique, c'était peut-être un tas de conneries.

– Tiens bon, je vais essayer de nous sortir de là.

Les tirs avaient cessé. Le monde parut tourner au ralenti. Concentration maximale. Je crus entendre des voix à l'intérieur. Plusieurs tonalités différentes. Peut-être mon imagination, mais on aurait dit une dispute. C'est alors que j'eus l'idée de tirer mon Sig-Sauer de service de son étui.

– Bouffez ça, sales keufs ! hurla une voix.

Des coups de feu retentirent à nouveau. Des flammes larges aux formes tourmentées évoquant des continents perdus apparaissaient par intermittence dans la semi-pénombre au rythme du staccato de la rafale. Des chocs sourds ébranlèrent la carrosserie du Scenic, le faisant tanguer sur ses suspensions. Un phare éclata. Le pare-chocs tomba avec un *floc* sourd. Pensée incongrue, je me dis que notre bon vieux véhicule allait succomber au champ d'honneur.

Un coup d'œil à Serge. Il avait fermé les yeux et faisait la grimace, mais il semblait tenir bon.

Je jetai à nouveau un coup d'œil vers la caravane. Les tirs avaient cessé. Soudain, la porte s'ouvrit.

– Fume-les, ces bâtards ! lança une voix hystérique.

Une silhouette apparut, noire devant l'afflux de lumière en provenance de la porte. Une arme en main. Un crépitement – l'inconnu tirait à nouveau. Sans viser, au hasard. Était-ce mon imagination ou entendais-je bien un rire de dément ? Je me cachai derrière la carrosserie qui se remit à tanguer.

Dès que les tirs cessèrent, je jetai un œil. Notre agresseur était un homme, plutôt jeune. Certainement un des frangins. Une autre silhouette venait d'apparaître à la porte.

– Allez, fume-les ! cria la personne.

– Ouais, ouais, j'arrive ! maugréa l'autre.

Il continua de tripoter maladroitement son arme. Une pensée fulgurante. *Plus de balles, ou elle s'est enrayée*, pensai-je.

Ma chance.

Ce fut un réflexe plus qu'une décision consciente.

Je levai le Sig-Sauer et ouvris le feu sur la silhouette.

J'eus un instant d'angoisse – cela faisait longtemps que ce petit flingue n'avait pas quitté son étui. Mais je fus récompensé par une détonation, certes moins impressionnante que les tirs de Kalach, et l'impact du recul dans tout mon bras.

La silhouette s'affala dans la boue, lâchant son arme. Le jeune type se mit à pousser des cris de porc qu'on égorge.

– Tony ! Y m'ont eu, les foirés, y m'ont eu ! Tain, j'ai pris une balle !

– Tain !

L'autre silhouette – Tony Fontalban, pouvais-je présumer – se dirigea non pas vers son frère abattu, mais vers le ZX. Il était également armé – un pistolet automatique – et il tira une fois dans notre direction.

– Fais pas le con !

Une voix plus mûre, en provenance de l'intérieur.

– J'me casse ! brailla Tony.

Il allait ouvrir la portière du ZX, mais je ne lui en laissai pas l'occasion. Je sortis la tête de ma cachette, tendis le bras et tirai, une fois, deux fois dans sa direction générale.

– Culé la zone !

Il renonça et se mit à courir vers l'intérieur de la décharge.

Il s'enfuyait. Donc, il n'était plus une menace.

Je me relevai, braquant le revolver sur la silhouette à terre qui braillait toujours tout ce qu'elle savait et sortit ma lampe torche. Le visage que j'éclairai, crispé par la douleur, correspondait effectivement à la photo que j'avais vue des frangins. Il était vêtu d'un pantalon de treillis à poches multiples et du classique sweat à capuche barré d'une marque quelconque.

Il se tordait toujours dans la gadoue. La douleur... ou plutôt la réalisation qu'il n'était pas dans un jeu vidéo et que ces balles étaient réelles.

– Tu m'as tué, bâtard... geignit-il.

Je ramassai son arme vide. Une Kalachnikov, en effet. Je ne suis pas spécialiste, mais on les reconnaît sans peine. Puis j'examinai le gamin. J'en crus à peine à mes yeux. Il avait à peine une estafilade à l'épaule. Et c'est pour cette égratignure qu'il faisait tout ce cirque ! À voir son expression, de toute sa vie, il n'avait jamais connu la souffrance. C'était une sensation nouvelle pour lui, il ne devait pas y être préparé.

Je le relevai de force, lui arrachant un nouveau beuglement.

– Arrête ton cirque, t'as rien !

– Vous rigolez ? rétorqua-t-il d'un ton hystérique. J'vais me vider d'mon sang !

Je le regardai de plus près. Son teint cireux, ses yeux brillants aux pupilles rétrécies, sa sale haleine par-dessus le relent de pourriture planant sur la décharge ne laissaient pas de place au doute : défoncé comme un terrain de manœuvres. Depuis un certain temps, apparemment.

Je l'entraînai vers l'épave du Scenic – tout le flanc blanc et bleu était constellé d'impacts – dont la portière arrière se décrocha dans un grincement penaud et resta suspendue à son gond inférieur. Je le menottai à l'appui de l'autre portière.

Un coup d'œil à Serge.

– Tu tiens le coup ?

Il leva le pouce en grimaçant un sourire. Je ressentis une bouffée de compassion, mais aussi de fierté.

– Tu te sens de surveiller ce guignol ? dis-je en lui montrant le gamin. Au cas où, tu m'appelles et j'arrive tout de suite, d'accord ?

Il avait compris ce que j'allais faire, parce qu'il me dit d'une voix un peu blanche :

– Faites gaffe, patron !

– T'inquiète.

J'inspectai la Kalach. Le chargeur était vide. Pas d'autre arme en vue. J'allais la jeter à terre, puis je me ravisai et la posai dans l'épave du Scenic. C'était une pièce à conviction, après tout.

Je ne quittai pas la caravane des yeux tout en avançant. Le silence était uniquement rompu par les pleurnicheries du gamin. Je tendis l'oreille... et c'est le moment que choisit la pluie pour tomber à grosses gouttes. Un bruissement sourd s'éleva, m'arrachant un juron. Super, pas moyen d'entendre ce qui se passait dans ce trou à rat !

Je n'avais pas besoin de m'inquiéter. Je m'attendais à tout, sauf à ce que je vis en passant la porte d'un bond, pistolet en avant.

Dans un renfoncement, une kitchenette minuscule à l'évier débordant de vaisselle sale. Un salon décrépit, un canapé défoncé, des fauteuils dépareillés serrés pour tenir dans l'étroit espace, une table encombrée d'emballages de pizzas et de cendriers pleins. Odeur écœurante de moisi, de vieille clope et de canalisations bouchées. Et un type qui me regardait d'un œil blasé. Cheveux noirs bouclés, yeux sombres, barbe, gros bide, plusieurs couches de pulls pour se prémunir contre le froid. Un homme d'une quarantaine d'années à vue de nez qui se tenait à genoux, les mains sur la nuque. Il ne dit rien, mais sa position était éloquente.

Ce fameux oncle, probablement.

Je le braquai en m'approchant. Méfiant.

– Z'en faites pas, je me rends, dit-il d'un ton fataliste. Je suis pas comme ces p'tits cons...

– Ça reste à prouver, grinçai-je.

Je regardai autour de moi. Décrépitude avancée, cocktail d'odeurs s'ajoutant à la pourriture de l'extérieur. Et encore autre chose…

Je relevai mon bonhomme et le menottai à la poignée d'une armoire branlante, mais qui avait l'air lourde. Il ne fit pas mine de se dérober, comme s'il connaissait la chanson. J'allai ensuite ouvrir la porte de la pièce d'à côté. Une chambre, deux lits défaits. Une autre porte devait donner sur la chambre suivante.

Il y avait un lit à une place, défait lui aussi. Des posters de pin-ups pour routiers libidineux tentaient de décorer les murs. Et dans le coin, sur une tablette, un attirail fait de tuyaux, d'une batterie, de seaux, de flacons et d'un objet à la forme évoquant une soucoupe volante des années cinquante, relié à une espèce de casserole. À côté, des petits cristaux dans un emballage de cellophane de cuisine.

Et voilà. Un laboratoire de *cristal meth*. Et à voir l'état dans lequel était Farouk Fontalban, les frangins ne se contentaient pas d'en fabriquer et d'en fourguer. Maintenant, c'était sûr, la voiture qui était passée en coup de vent tout à l'heure appartenait à un client venu faire le plein.

Je revins dans le salon et sous le regard noir de mon prisonnier, je tirai mon téléphone.

– Caro ? Ça a merdé. Non, rien de grave, mais on va avoir besoin d'une ambulance. Oh, et tu peux appeler les stups au passage ?

Elle me promit de faire vite. Je retournai à notre Scenic qui, je le craignais, n'irait plus jamais nulle part, et m'agenouillai aux côtés de Serge, qui était toujours conscient. La pluie lourde avait détrempé ses cheveux et sa barbe pour dégouliner sur son visage.

– Tiens bon, lui dis-je. J'ai appelé Caro. On va t'emmener à l'hôpital.

– De toute façon, j'avais besoin de vacances, tenta-t-il d'ironiser.

– T'as toujours pas mal ?

– Non. Ma jambe est engourdie, c'est tout. Pourquoi, c'est inquiétant ?

– Non. Avec un peu de chance, on t'aura bourré d'analgésiques au moment où tu commenceras à morfler.

– Hé, m'sieur, m'sieur !

Nous nous sommes tournés vers Farouk Fontalban. Il avait toujours l'air hagard.

– Vous pouvez pas m'embarquer comme ça, vous d'vez me lire mes droits.

On s'est regardés, Serge et moi.

Et là, c'est encore le plus incroyable, on a éclaté de rire tous les deux.

L'hôpital de Lons-le-Saunier, fin de matinée. Il était rare que les médecins aient à s'occuper de blessures par balle. Aux regards qu'ils me jetèrent – j'étais toujours couvert de boue et trempé comme une soupe –, on aurait dit qu'on venait de rejouer une scène de *Piège de cristal*.

Une infirmière me proposa de mettre mon uniforme à sécher. C'est donc en caleçon et pull, revêtu d'une couverture de l'hosto, que j'attendis la suite des opérations.

Farouk s'était contenté d'un bandage. Sa plaie était plus que superficielle. Au moins, il avait cessé de brailler. Enfin, pour autant que je puisse en juger, puisqu'on l'avait emmené dans une pièce à l'écart, une salle des pansements, que sais-je ? Je n'étais pas un habitué des hôpitaux. Je n'étais jamais malade et n'y entrais que pour aller voir quelqu'un d'autre, généralement pour prendre une déposition.

Pour sa part, l'oncle avait été soumis à divers examens et prises de sang qui s'étaient avérés négatifs : il n'était pas sous l'emprise de la drogue. Il se contentait de la fabriquer. J'étais plus préoccupé par le sort de Serge, qui était entre les mains des chirurgiens des urgences.

On daigna tout de même nous informer que ses jours n'étaient pas en danger. Pour une balle dans la jambe. Je crois que j'aurais pu faire ce diagnostic moi-même.

Caro m'amena un plateau-repas de l'hôpital. C'est vrai qu'il était largement l'heure du déjeuner, même si j'avais autre chose en tête. Aujourd'hui, je serais bien en peine de me souvenir d'en quoi consistait ce repas.

Finalement, un docteur vint nous donner son verdict. Tissus déchirés, os fendu, mais pas cassé. Il avait toutes ses chances de pouvoir remarcher, mais peut-être avec une légère claudication.

Aïe. Pourrait-il encore être gendarme après ça ? Certes, blessé dans l'exercice de ses fonctions, il aurait droit à une pension... Encore que, de nos jours, qui pouvait en être sûr ?

En tout cas, on pourrait lancer une cagnotte en ligne où les visiteurs pourraient donner ce qu'ils voulaient, comme ça se faisait de nos jours.

Le docteur conclut qu'il devait se reposer et reprendre des forces, mais que nous pourrions lui rendre visite dès le lendemain.

Maintenant, il s'agissait de nous occuper de nos prisonniers.

La police locale avait eu l'amabilité de nous envoyer une de ses voitures avec chauffeur pour remonter à Clairvaux-les-Lacs. Tant mieux. Je nous voyais mal prendre un taxi avec nos deux clients.

Au moment de sortir de l'hosto, Caro, toujours sous le choc, dit :

– Quand même ! Des trafiquants de drogue, une fusillade... Ce n'est pas pour nous, ce genre de trucs !

Oui. On pouvait voir ça comme ça.

★

Les interrogatoires que nous conduisîmes dans notre bureau à la gendarmerie furent plus déprimants qu'autre chose.

Non seulement Farouk Fontalban était défoncé, mais il semblait avoir perdu tout contact avec la réalité. Apparemment, il avait déjà oublié sa blessure légère qui, pourtant, l'avait fait hurler comme un porc qu'on égorge. Son pantalon de treillis taché et sa veste de survêtement passée sur son sweat pendaient sur sa carcasse efflanquée, lui donnant l'apparence d'un lévrier qui n'avait plus vu une piste de course depuis longtemps. Sous son teint livide ponctué de boutons, on voyait des traces du beau gosse qu'il avait dû ou aurait pu être sans la saleté qu'il prenait. Par moments, il scrutait le bureau en clignant des yeux comme s'il avait oublié où il était et ce qui l'y avait mené.

Comment avait dit Thomas Servano ? Les frangins

croyaient vivre dans un jeu vidéo. Et encore : pour autant que j'en sache, ces jeux avaient un semblant de vraisemblance.

Sous la lumière crue, je remarquai une fois de plus qu'il commençait à témoigner les premiers symptômes de l'accro au speed : des boutons piquetaient sa peau hâve, il était maigre comme un clou, ses dents étaient déjà un peu gâtées ; quant à ses gestes, ils étaient aussi saccadés et désordonnés que ses paroles.

Il se lança dans un discours délirant (truffé de « j'm'en bats les couilles » à intervalles réguliers, comme une ponctuation) où se mêlaient une bande du coin qui leur « en voulait » et qu'ils allaient « niquer », Daesh et Al-Quaïda – bien qu'il admît sans problème ne jamais avoir ouvert un Coran et se « battre les couilles » d'Allah, sans paraître y voir la moindre contradiction –, aller aux Amériques faire fortune « comme Scarface », et le fait que Tony allait venir le tirer de là et que nous, les keufs, on allait « dég ». Lorsque je lui fis remarquer que son frère avait détalé sans se soucier de son sort – nous n'avions pas jugé bon de fouiller la décharge pour le retrouver, autant lancer un mandat d'arrêt – il se contenta de ricaner, puis de regarder dans le vide une minute entière comme s'il n'arrivait pas à assimiler ce que je lui disais.

Agitation, diminution de la concentration, délires paranoïaques, tout y était. Le cerveau était atteint. De façon irréversible ? Et dire qu'il avait à peine une vingtaine d'années, bon sang !

Lorsque j'abordai le sujet Marie Lamosse, il commença par dire qu'il ne la connaissait pas.

– Si on devait d'mander le nom de toutes les tasspés qu'on se met sur le bout, on n'en finirait pas, ajouta-t-il d'un air fanfaron.

J'insistai, lui mit sa photo sous le nez. Autant vouloir faire avancer un âne qui recule.

Après avoir demandé et liquidé une petite bouteille d'eau minérale – la déshydratation, encore un effet secondaire de ces maudites amphètes –, il parut reprendre vaguement conscience. J'en profitai pour lui reparler de Marie Lamosse.

– Ah, ouais, finit-il par dire. J'me souviens. On se marrait bien, mais elle voulait pas « zèb » alors on l'a téj.

Pardon ? Il faudrait peut-être faire venir un interprète ?

– Elle participait à votre trafic de drogue ?

– Quel trafic de drogue ? demanda-t-il d'un ton mécanique.

Je le regardai fixement.

– Vous avez oublié ce qu'on a retrouvé chez vous ?

– C'est pas à moi !

Mon regard lui fit baisser les yeux. Malgré son hébétude, il dut comprendre qu'il était inutile de jouer les abrutis.

– Bon, d'accord. L'aimait bien notre came, c'est sûr. Elle a essayé d'en fourguer un peu, mais elle était pas douée pour le bizness, alors on a laissé tomber.

– Vous vous souvenez du soir où vous avez été contrôlés en état d'ébriété ?

– Quand on est montés en caisse bourrés et que les keufs nous ont trôlés, c'est ça ?

J'eus un soupir.

– Oui.

– Houlà, c'est loin ! Elle était avec nous ?

– Elle était avec vous.

– Oui, ben, c'est un peu après qu'on a laissé quimper. On avait beau lui demander, elle voulait pas « zèb ».

– « Zèb » ?

– Ben, baiser, quoi. Pas avec moi, pas avec Farouk.

– Vous voulez dire Tony ? Farouk, c'est vous.

– Heuh, ouais. Comme elle vendait pas de came, pis elle en achetait pas des masses non plus, l'était pas intéressante. Et pis avec une fille de bourges, on sait jamais si elle ira pas cafter à ses parents ou aux keufs. On peut pas s'y fier.

– Donc, vous ne l'avez plus fréquentée ?

– On l'a plus vue, vous v'lez dire ?

– Oui.

– Ben, on la voyait des fois, puisqu'on traînait dans les mêmes coins, mais bon, juste bonjour-bonsoir, genre. On lui a proposé de la came, mais elle voulait plus y toucher. Elle a dit qu'il suffisait de nous regarder pour comprendre qu'il valait mieux se tenir à carreau, même que Tony, ça l'a foutu en rogne, pour qui qu'elle se prenait, c'te daronne qu'avait encore la coquille d'œuf au cul, qu'y disait.

C'était une ouverture, je ne la ratai pas.

– Alors il a décidé de se venger ?

Il se renfrogna.

– Comment ça ?

– Vous avez décidé de lui faire payer, elle qui parlait mal de vous ?

– La taper, vous voulez dire ?

Un éclair de lucidité passa soudain dans ses yeux et son regard se planta dans les miens :

– M'sieur, on est peut-être pas des modèles, mon frangin et moi, mais on est pas de ces putains de crevards sans couilles qui tapent sur des meufs.

S'il n'était pas sincère, il méritait un prix d'interprétation.

– Non, reprit-il, on s'est un peu éloignés, comme quoi quand elle était à droite, on allait plutôt à gauche, vous voyez. De toute façon, c'est pas comme si on manquait de nanas prêtes à faire la teuf avec nous, ça non. On n'est pas comme ces connards de la bande de Saint-Claude...

Et il repartit dans un délire incohérent sur des gars de leur âge qu'ils croisaient dans leurs soirées de vadrouille. J'essayai de le recadrer :

– Vous avez revu Marie Lamosse ces derniers temps ?

Il se concentra intensément, puis :

– Nan, j'crois pas. Ça fait des mois qu'elle se faisait rare. Paraît qu'elle avait des « blèmes » avec ses darons.

Voilà qui semblait correspondre avec ce qu'avait dit Patricia, « la meilleure amie » de Marie. Comment avait-elle dit ? Lamosse avait subitement décidé qu'ils étaient « nazes ». Une décision particulièrement sage qui, potentiellement, aurait pu lui sauver la vie.

Potentiellement.

Manifestement, ce gosse ignorait qu'elle était morte. Dans son état, je le voyais mal simuler. Il n'avait de toute façon pas l'intelligence pour ça.

Je fis signe à Caro de le ramener dans sa cellule. Une petite voix déprimante me susurrait à l'oreille que j'étais encore tombé dans une impasse...

– Hé, vous croyez que j'irai en taule ?

Il me tira de mes pensées. J'étais déjà passé à autre chose.

– Ma foi, avec vos antécédents et vu ce qu'on a retrouvé chez vous, vous pourrez difficilement y échapper cette fois-ci.

En guise de réponse, il me fit un sourire à cent mille watts dévoilant ses dents précocement gâtées, comme si je venais de lui annoncer que Noël serait en avance.

Avant de le faire sortir, Caro leva les yeux au ciel en me regardant d'un air éloquent.

Je ne dis rien, mais n'en pensais pas moins.

*

Avec l'oncle, ce fut une autre paire de manches.

De sa première apparition, dans la position typique de l'homme qui préfère se rendre plutôt que de se manger une balle mal placée, jusqu'à la façon qu'il avait d'évoluer dans l'espace de la gendarmerie – sans hâte, sans gêne, avec assurance –, il était clair qu'il connaissait la chanson.

Je le regardai s'asseoir. Trapu, gros, mais pas flasque, son ventre tendant la laine de son pull élimé, avec des yeux noirs vindicatifs et une pilosité broussailleuse. Il ne lui manquait plus qu'une grosse moustache pour ressembler à un extra dans un film de Tony Gatlif.

J'avais récupéré son identité entre-temps. Radu Fontalban. Un prénom qu'il avait francisé en se faisant appeler Roger. Fils d'émigrés roumains, ex-Roms sédentarisés, nés à Sarcelles, région parisienne. Un casier assez fourni, mais rien que des petits larcins. Rien de plus méchant qu'un vol à l'arraché. De petites peines de prison, majoritairement à domicile. Au moment de la mort de son frère Milan, il sortait d'une peine d'un mois de taule pour fraude à la carte bancaire, il avait choisi de venir s'installer chez les frangins pour veiller sur eux. La piste s'arrêtait là. Était-ce lui, son frère ou nos deux Pieds nickelés eux-mêmes qui avaient mis sur pied ce laboratoire ? Farouk et Tony semblaient ne pas avoir assez de neurones à eux deux pour assembler un meuble Ikea, mais ils étaient peut-être différents avant que leur sale came ne fasse effet ?

La défense de Radu « Roger » Fontalban s'avéra très simple : nier, nier et nier encore. Avec un aplomb digne d'éloges.

Non, il ne savait pas que les frangins avaient installé un laboratoire dans leur chambre, où il n'entrait jamais. Non, il ne savait pas à qui ils vendaient leur came. Non, il ne savait pas qu'ils tapaient dans leur propre stock. Non, il n'avait jamais remarqué d'altérations physiques chez ceux dont il prétendait avoir la garde. Non, il ne savait pas avec qui ils s'étaient acoquinés, ni s'ils avaient des complices, des rabatteurs, des revendeurs. Non, il ne savait pas qu'ils avaient des armes à domicile. Il était resté pantois lorsqu'il les avait vus les prendre. Il avait tenté de les empêcher de faire une bêtise, mais ils ne l'avaient pas écouté. Il n'était pas responsable de cette fusillade. D'ailleurs, ne s'était-il pas rendu sans opposer la moindre résistance ? Ça devrait jouer en sa faveur, non ?

Je le regardai. Sur ce dernier point, il devait avoir raison. Je repensai aux éclats de voix que j'avais entendues dans la caravane avant que les frangins n'en sortent. Lui devait savoir ce qu'il risquait en ouvrant le feu sur des représentants de l'ordre. Il avait sans doute essayé de les arrêter, mais ils étaient au-delà de tout raisonnement. D'ailleurs, en y repensant bien, ils défouraillaient à tout va, sans même viser. Un comportement d'amateurs.

Quoi qu'on puisse penser du type assis en face de moi, il avait agi exactement comme il fallait. Il s'était rendu. Certes, il n'avait pas trop le choix, mais dans une situation pareille, qui ferait preuve d'un tel sang-froid ?

Je compris vite qu'il n'en démordrait pas. Et sa ligne de défense n'était pas si stupide. Je pourrais témoigner qu'il n'avait pas pris part à la fusillade. Aussi improbable que soit son histoire, il pourrait peut-être convaincre un juge, avoir le bénéfice du doute. Ou alors, il n'aurait qu'à s'entêter et laisser le temps jouer pour lui. Peut-être que la justice finirait par le relâcher, ne serait-ce que pour ne plus l'avoir dans les pattes. Avec la promesse d'un procès qui aurait lieu dans combien d'années ? Si toutefois il avait lieu. Les tribunaux étaient tellement engorgés qu'on était obligé de donner la priorité aux affaires importantes et/ou médiatisées.

Peut-être passerait-il entre les mailles du filet. Et je crois que la société s'en remettrait. Après tout, ce n'était pas comme si on avait serré l'ennemi public numéro un.

Je le renvoyai à son tour. On viendrait nous en débarrasser en fin d'après-midi. Les stups prenaient le relais. C'était de leur compétence. Ils se chargeraient de l'inventaire de la prise, de démanteler un éventuel réseau, de corréler avec leurs affaires en cours. Les bien saisis, qui ne devaient pas faire beaucoup, reviendraient aux services centraux, aux plus spécialisés, et en cas de vente, l'argent serait divisé entre frais de justice, le fonds de soutien des associations de victimes, le Trésor public et le financement d'autres opérations antidrogues.

Avec un peu de chance, si quelqu'un en haut était bien luné, on recevrait une lettre de félicitations rédigée par une secrétaire vantant notre « admirable sens du devoir » (puisqu'un des nôtres avait été blessé) et notre « professionnalisme » ayant permis cette saisie inattendue. Et ça s'arrêterait là. Pas de cadeau Bonux, genre un nouvel ordinateur.

Pour le remplacement de notre Scenic ? Fallait pas rêver. J'avais déjà demandé un formulaire à remplir auprès d'un fonctionnaire qui, à son ton, semblait considérer que j'avais endommagé volontairement le véhicule.

Et ce n'était que le début. Il faudrait obligatoirement un rapport du conducteur (Serge) et du chef de bord (moi), une estimation des dégâts, puis on mandaterait un expert pour vérifier la conformité des déclarations – puisque l'État est son propre assureur. Ses constatations passeraient par toute une bureaucratie. Si on concluait que la catastrophe aurait pu être évitée, il y aurait des sanctions administratives, mais j'imagine qu'ils n'iraient pas jusque-là. Qui aurait pu prévoir de tomber sur des forcenés tirant dans le tas ?

En principe, nous n'étions pas censés rester sans véhicule. J'ai bien dit en principe.

Mais ce qui me déprimait plus encore, c'était qu'une fois de plus, nous avions perdu notre temps. Tout ceci n'avait rien à voir avec notre affaire. Une simple coïncidence. Nous n'étions pas un pouce plus près d'arrêter notre tueur. Et notre équipe était encore amputée d'un membre.

J'imaginai notre démon personnel hurlant de rire dans sa tanière – là, là, dehors, quelque part, là où nous n'étions pas fichus de le débusquer – puis chassai cette idée. Trop humiliant.

Il me restait encore à lancer un appel à témoins au nom de Tony Fontalban. Je m'aperçus que j'en étais incapable. L'écran de mon ordi était brouillé, le clavier rempli de signes qui ne me disaient rien. La déprime était comme un bloc de glace pesant sur mon estomac.

– Patron, qu'est-ce que vous faites ?

Je m'aperçus alors que sans m'en rendre compte, je me cognais doucement le front contre le haut de mon ordinateur.

Ce qui, somme toute, était une métaphore parfaite de cette putain d'enquête.

★

Cette nuit-là, je me réveillai d'un coup, le cœur battant, la sueur au front.

Les coups de feu. Les balles de Kalachnikov...

J'étais pantelant. Qu'est-ce qui m'arrivait ?

C'est alors que je m'aperçus que pas un seul instant, je n'avais réalisé qu'une des balles tirées par ces deux tarés aurait pu toucher son but. J'aurais pu finir blessé, comme Serge. Ou pire.

Sur le coup, je n'avais tout simplement pas pu y penser. J'étais trop dans l'instant. Analyser la situation, chercher une solution, m'occuper de Serge. Ensuite, eh bien, il y avait eu tant à faire qu'il n'y avait pas beaucoup de place pour les états d'âme.

En fait, j'avais une chance invraisemblable d'être là, dans mon lit, et non dans une chambre d'hôpital – ou sur une dalle de la morgue.

Le choc en retour. Un peu comme Serge. Aucune douleur sur le moment, et ensuite...

Je restai là, allongé dans les ténèbres, secoué de frissons, remuant de sinistres pensées informes qui ne se montraient jamais en pleine lumière. Alternativement gelé et bouillant de fièvre. *Et si, et si...*

J'essayai d'en appeler à la forêt. Qui ne me répondit pas. J'aurais pu sortir, prendre la voiture, me perdre dans la nuit au milieu des arbres. Mais je sentais qu'une fois de plus je n'y trouverais pas la paix. Même si je priais, implorais, suppliais.

Je me demandai si je la connaîtrais à nouveau un jour.

Et dans ma tête, une phrase tournait en boucle.

Quand, mais quand est-ce que cette histoire démente va enfin s'arrêter ?

Le lendemain, après cette nuit particulièrement éprouvante, je me rendis à la gendarmerie – avec une demi-heure de retard, ce qui ne me ressemblait guère – pour trouver Caro en larmes.

Je me figeai dans l'entrée pendant qu'une lame acérée plongeait dans mon estomac et se retournait lentement en un *seppuku* interne. Ai-je précisé que j'ai horreur de voir une femme pleurer ? Et vu l'état dans lequel j'étais, toute émotion était exacerbée au-delà du raisonnable.

Je remarquai tout de suite que les ordinateurs étaient éteints. Or allumer le sien était la première chose que faisait Caro en arrivant – par habitude, je cherchai également Serge avant que ma mémoire ne se réveille. Et ma dernière subordonnée avait posé sa parka sur le rebord de sa chaise. Elle était là depuis un moment déjà.

– Salut. Il y a un problème avec les ordis ?

Elle me regarda à travers ses larmes :

– Comment avez-vous deviné, patron ? Bonjour, au fait.

Je haussai les épaules.

– Je vais appeler Rémi.

Au moins, notre téléphone fonctionnait encore. Pas de bol, notre sauveur multirécidiviste était en intervention chez un gros client et ne rentrerait pas avant ce soir. On avait envoyé un virus à une boîte d'aide à la personne du coin. Les pirates informatiques, faux anarchistes et vrais voleurs, étaient de plus en plus nombreux, ajouta le factotum qui avait pris la communication. J'omis de lui dire que je m'en foutais de façon phénoménale et raccrochai.

En panne. Que faire ? Rentrer me servir de mon ordi ? Attendre sagement le prochain massacre ? *Merde, merde, merde !* Je m'aperçus que je tapais du poing sur mon bureau. Au moins, Caro avait cessé de pleurer.

– Qu'est-ce qu'on fait, patron ?

Je réfléchis un instant. Comment se charger de la partie bureaucratie sans ordinateur ?

En un sursaut d'honnêteté, je répondis en un souffle :

– Je ne sais pas. Là, vraiment, je ne sais pas.

C'est alors que, comme dans une pièce de théâtre, le téléphone sonna.

Je décrochai en me disant qu'il aurait pu le faire une minute plus tôt, m'épargnant cet aveu d'impuissance.

– Gendarmerie de Clairvaux-les-Lacs, je vous écoute ?

– Bonjour, ici Hainaut, de *La Voix du Jura*.

– Je vous écoute.

– Dites-moi, avez-vous eu des nouvelles de Thomas Servano ?

Peut-être était-ce mon état d'esprit conjugué à la fatigue de cette nuit, mais j'y vis immédiatement un mauvais présage.

– Pas depuis deux jours, pourquoi ?

– Eh bien... Il me semble qu'il vous a interviewé plusieurs fois ces derniers temps...

– Et alors ?

– Il ne s'est pas présenté au bureau, ni hier ni aujourd'hui. Je n'ai cessé de l'appeler pour lui dire de vous contacter et de faire un papier sur les événements d'hier, mais pas moyen de le joindre. Ça ne lui ressemble pas, d'autant qu'il devait couvrir la fête des Jouets de...

– Ce n'est pas dans ses habitudes, dites-vous ?

– Ben non, justement, c'est pourquoi je vous appelle.

– Vous ne vous êtes pas disputés ?

L'excuse bidon, généralement réservée à ceux qui signalaient la disparition d'un proche. Mais je sentais au fond de moi que ce n'était pas ça.

– Non, au contraire...

– Quelqu'un est allé voir chez lui ?

– Non...

– Alors je m'en charge. (J'allais raccrocher, puis me rappelai juste à temps de la panne d'ordinateur.) Vous pouvez me donner son adresse ?

Au moins, cela me donnerait quelque chose à faire.

★

Il habitait un deux-pièces à Lons-le-Saunier, dans une des rues donnant sur celle des Arcades.

Personne ne répondit lorsque je sonnai. Je n'avais pas le code. Heureusement, quelqu'un daigna m'ouvrir lorsque j'appuyai sur des boutons au hasard, puis déclinai mon identité. Je montai au deuxième étage et sonnai à la porte, toujours en vain.

Je regardai le panneau. Que faire ? Il vivait seul, je le savais. Il pouvait avoir fait une mauvaise chute, ou un AVC, ou toute autre saleté.

Je n'allais pas entrer de force. Oubliez ce que vous avez vu. Il n'y a que dans les banlieues dites « difficiles » que les policiers peuvent abattre des portes et terroriser des innocents, de préférence sous le regard des caméras, sans risquer de représailles administratives. Que ne ferait-on pas pour montrer aux JT de vingt heures que le pouvoir en place assure la sécurité des citoyens ? Quoique maintenant, plus personne ne devait les regarder, puisque tout le monde était obsédé par cette émission à la con.

Mais on était à Lons-le-Saunier, et Thomas Servano était journaliste. Alors je me contentai de me servir de mon passe-partout, que j'avais fauché un jour à un des derniers monte-en-l'air à l'ancienne. Pas forcément très légal, mais il faut ce qu'il faut. Si je trouvais Servano allongé par terre et appelais les secours, je doutais fort qu'il me fasse des ennuis.

J'ouvris donc la porte.

Un appartement basique, qui sentait le vieux garçon maniaque. Tout était propre, ce qui, présumai-je, devait tenir du passage régulier d'une femme de ménage. Je sus tout de suite qu'il n'était pas là : il manquait cette vibration qui témoigne de la présence d'un autre être humain. J'allai inspecter la petite chambre. Le lit était fait. Au carré, avec une rigueur presque militaire.

C'est avec une *Variation Goldberg* appropriée en tête – la 37, ou était-ce la 12 ? – que je revins dans la pièce centrale. Derrière l'ordinateur trônant sur un bureau, tout un mur de son petit salon était occupé par des classeurs en carton. J'y jetai un œil. Toute une comptabilité maniaque relatant le moindre fait divers, avec des faisceaux de correspondance que lui seul devait être à même de comprendre.

Maintenant, je voyais pourquoi il n'avait aucun mal à retrouver des informations sur qui que ce soit. Sur le bureau, un article collé sur une feuille format A4 parlait de la garde à vue des frangins et de Marie Lamosse. Les Fontalban étaient décrits comme des « marginaux de vingt et vingt-deux ans ». N'était-ce pas les termes qu'il avait employés ?

Une série de flèches liait cet entrefilet à un article plus important sur le démantèlement d'un réseau de trafic de drogue dans la région de Mâcon. Comme ce n'était pas un document personnel, j'y jetai un œil sans remords, d'autant que je me rappelais vaguement de cette affaire.

Un coup de filet avait entraîné huit arrestations, mais le butin avait été maigre par rapport à ce qu'ils attendaient. De la métamphétamine et de la résine de cannabis. Parmi les interpellés, les gérants d'un garage, poursuivis pour abus de bien sociaux (plusieurs dizaines de milliers d'euros), travail dissimulé et fraude fiscale. *Via* l'entreprise, ils fournissaient les véhicules utilisés pour le trafic et se chargeaient du blanchiment. Les enquêteurs avaient saisi une grosse somme en liquide, des scooters et deux voitures.

Certainement un pactole pour les stups, notoirement sous-financés. Ceci dit, comme nous tous. Je croyais me souvenir que le casino de Lons-le-Saunier avait également été soupçonné de blanchiment d'argent – une fois de plus – pour finalement être exonéré. Une fois de plus.

Le représentant du syndicat Unité SGP Police avait dit qu'il s'agissait surtout de vente au détail pour alimenter le marché local. En l'absence de grande agglomération toute proche, on restait à un niveau limité. Les *go fast* qui allaient se servir en Espagne et véhiculaient de grosses quantités de stupéfiants alimentaient plutôt quelques plaques tournantes notoires telles que Nantes, Lyon ou Paris. Néanmoins, ajoutait-il, cette prise confirmait la présence probable de petits laboratoires d'amphétamines dans la région. Il précisait que le matériel requis était des plus abordables et que des notions limitées de chimie étaient nécessaires. « On voit bien que les petits caïds sont vite remplacés sur le terrain », ajoutait le délégué. « Et quand ils sont relâchés, ils montent rapidement en grade. » Était-ce là la raison du grand sourire de Farouk Fontalban lorsque je lui avais annoncé que, cette fois, il n'y couperait pas ? Un séjour en taule assoirait-il sa réputation ? Quoique, en cellule, il aurait plus de mal à se procurer sa défonce habituelle. Même si les prisons étaient notoirement poreuses, je doutais qu'il roule sur l'or.

Je repensai à l'entreprise de Lamosse père et à l'aura de désespoir qu'elle sécrétait. À ce qui poussait de pauvres bougres à se réfugier dans les paradis artificiels, légaux ou non. Tout le monde ne faisait pas comme Marie Lamosse et ne décidait pas d'arrêter avant qu'il soit trop tard. Quoique, pour ce que ça l'avait avancée...

Monde de tarés.

En regardant les liens que Servano avait établis entre les frères et ce trafic, je me dis une fois de plus que ça aurait dû être lui, l'enquêteur.

C'est alors que mon téléphone sonna.

Je sus tout de suite que les nouvelles seraient mauvaises.

– Patron ? fit la voix blanche de Caro. On... on a retrouvé Servano...

BLIZZARD

« Blut rinnt leise.
Sickert aus den Wunden derer,
Die nicht gaben Acht.
Tod kommt leise.
Schleicht sich an die Feuer derer
Die sich fürchten in der Nacht. »

Schnee, Markus Heitz
(Qntal, album VII, musique Michael Popp)

La bête exultait.

Elle criait à ses oreilles sans s'interrompre, une litanie de carnage et d'obscénités, elle chantait dans ses veines un alphabet de terreur, inondait ses synapses de ses visions impies.

Elle ne pouvait plus rien faire maintenant. Juste se blottir contre le mur et poser ses mains sur ses oreilles en suppliant qu'elle se taise.

En vain.

Et pire encore, attendre, la peur au ventre, de voir quelles horreurs la bête lui réservait. La prochaine fois.

Bientôt...

On pourrait s'imaginer qu'en hiver, il ne se passe rien dans le Jura, que la région est envahie de gens venus d'un peu partout qui ne pensent qu'à skier. On se tromperait. Des courses de traîneaux aux diverses pressées du fameux vin de paille, répétées dans différents patelins à des dates différentes, des nombreux concours de ski à la journée de la raquette à neige de Longchaumois, l'agenda de Thomas Servano était plein.

Ce jour-là, il devait couvrir la fête au pays du jouet de Moirans-en-Montagne, cette petite ville située au cœur du parc naturel régional du Haut-Jura, entre Orgelet et Saint-Claude, avec ses grosses maisons trapues ressemblant à des chalets suisses sous stéroïdes. Un patelin paisible et agréable sentant bon cette France profonde tant méprisée par les urbains, qui avait la distinction d'être capitale du jouet en bois. Comme l'essentiel des villes pittoresques de la région, elle s'était entièrement tournée vers le tourisme. Tant les sports d'hiver que les plages du lac de Vouglans en été. Au moins, elle n'y avait pas encore perdu son âme.

C'est à côté du musée du Jouet justement, ce bâtiment bleu et jaune qui ressemblait à une pâtisserie industrielle, que Thomas Servano avait garé sa Clio prolétarienne. Il avait rejoint le photographe de *La Voix du Jura* et ils avaient passé une journée plutôt agréable au milieu des nombreuses attractions. Le photographe avait pas mal mitraillé, bien qu'on ne lui achèterait certainement pas plus de deux photos pour le quotidien et le supplément régional du dimanche.

Puis la nuit tomba vite, amenant une neige fine qui ne tiendrait sans doute pas. Ils s'étaient séparés. L'un devant sélectionner et retoucher ses clichés – le miracle du numérique lui évitait un long développement.

Thomas Servano était retourné à sa Clio. Plutôt de bonne humeur, d'après le photographe. Lorsqu'il s'était glissé derrière le volant, peut-être pensait-il au trajet qu'il devait effectuer, ou bien écrivait-il dans sa tête son article avec l'aisance du professionnel aguerri qu'il était. C'est à ce moment qu'il avait reçu un coup de marteau d'une violence inouïe qui lui avait défoncé le crâne.

Il n'avait probablement pas eu le temps de se rendre compte de ce qui lui arrivait. Quoique, qui pouvait l'affirmer avec certitude ?

Comme beaucoup d'habitants du coin qui, malgré la nouvelle criminalité, avaient gardé leurs anciennes habitudes, il n'avait pas fermé sa voiture à clé. Qui irait voler une épave pareille ? D'éventuels voleurs prendraient plutôt pitié de lui et laisseraient une obole sur le siège.

Un raisonnement qui lui avait coûté la vie. Notre démon avait pu se glisser sur le siège arrière et attendre sa proie. Le journaliste avait-il eu le temps de se rendre compte d'une présence ? Avait-il entendu un bruit, un glissement lorsque cette furie s'était redressée en levant son arme ? Nul ne le saurait jamais.

Un riverain l'avait découvert le lendemain matin. Les plaies à la tête saignent toujours beaucoup, même si la mort avait dû être rapide, voire instantanée. Une flaque de sang avait coulé sous la portière, sa chaleur avait fait fondre la neige, les deux s'étaient mêlées pour former un cercle de trente bons centimètres de diamètre. Le pauvre bougre qui l'avait découvert avait eu le choc de sa vie en suivant les traces gelées pour découvrir un cadavre au crâne défoncé. On lui avait proposé un suivi psychologique.

Thomas Servano n'aurait jamais son scoop ni son best-seller. La mort d'un sans-gloire de plus.

Cette découverte m'affecta plus que je ne l'aurais cru. J'eus l'impression de perdre un proche. Je pensai à tous ces dossiers que j'avais vus chez lui, cette comptabilité maniaque qui finirait probablement dans une benne.

Et il restait toujours la même question, désormais gravée dans mon esprit. Qui l'avait tué ? Et pourquoi ? Servano enquêtait également de son côté. S'était-il approché un peu trop près de la vérité ? Le saurais-je un jour ?

Notre démon était là, quelque part, à portée de la main, peut-être.

Et nous n'étions pas plus près de le débusquer qu'au début de cette enquête.

★

Je dus faire mes démarches depuis mon ordinateur personnel puisque celui du poste était toujours en rade.

Cette fois, au moins, mes demandes d'aide ne restèrent pas totalement sans résultat. Peut-être qu'au bout d'un certain nombre de morts, on atteignait une masse critique suffisante pour faire bouger les choses ?

On me promit de récupérer la Clio, désormais pièce à conviction, pour y faire des prélèvements d'ADN. Ce qui était déjà plus que je n'osais espérer. Même si je doutais fort que notre démon ait laissé des traces. Un être pareil devait pouvoir se glisser entre les interstices de ce monde sans laisser de traces. Et puis, vu l'odeur d'huile, de moisi et de vieille clope qui s'échappait par la portière à chaque fois que son propriétaire l'ouvrait, l'habitacle devait être un véritable bouillon de culture.

Ce démon était-il seulement humain ? Une question absurde, mais je ne cessais de me la poser. Était-ce une créature surgie du long passé de l'humanité, un être mythologique qui s'était adapté aux techniques modernes pour commettre ses forfaits ?

Lorsque mes pensées prenaient cette direction, je préférais faire un effort pour les détourner. Sous peine de finir dans une cellule capitonnée...

Lorsque je jetai un coup d'œil à l'extérieur, je constatai

qu'il s'était mis à neiger. De gros flocons lymphatiques qu'un petit vent faisait tourbillonner. À voir la couche qui s'était amassée sur le sol, cela faisait un certain temps qu'ils tombaient.

Comme je n'avais rien de mieux à faire, je me promenai à pied dans les champs s'étendant au-delà du lotissement jouxtant la gendarmerie, qui n'avait cessé de croître ces dernières années.

J'adorais ces moments, juste après une chute de neige, lorsque celle-ci était encore immaculée, se fondant dans un ciel d'un gris laiteux. Il régnait sur le monde un silence ouaté qui semblait absorber tous les bruits inopportuns. Il était alors facile de s'imaginer que le temps s'était arrêté, que tout resterait figé pour l'éternité sous cette couche glacée. La fin du monde... ou son recommencement ?

Au risque de me répéter, en temps normal, cette vision m'aurait apporté la paix. Pas aujourd'hui. Mon humeur était au diapason de celle d'une nature profondément perturbée par les actes des hommes. Sous l'effet de la fatigue et de l'énervement, j'avais l'impression que mon horizon s'était rétréci, les bords de ma vision brouillés comme sur une vieille photo.

Une fois de plus, je pensai au démon, à cette anomalie, cette aberration qui était là, quelque part, au-delà de l'horizon. Sa présence invisible était presque palpable, et pourtant, je n'arrivais toujours pas à mettre la main sur lui ou même à savoir à quoi il ressemblait, en dehors des visions saint-sulpiciennes de diables méphitiques que m'envoyait mon cerveau surchauffé.

Je finis par renoncer à ma balade pour regagner ma Focus.

Non, ce n'était pas là que je trouverais la paix. Si je la retrouvais un jour.

La nuit fut à nouveau hantée de cauchemars informes, étouffants, tout en visions écarlates de couloirs se resserrant autour de moi pour m'écraser pendant qu'une chose indestructible me poursuivait à travers ce décor d'apocalypse.

Je me réveillai baigné d'une sueur malsaine. Je jetai un coup d'œil au réveil – neuf heures. Moi qui, d'habitude, me levais toujours à la même heure ! Je serais en retard au boulot. Pour la première fois depuis... ah, non. Pas si longtemps, en fait. Décidément, tout foutait le camp.

Je préparais mon café lorsque le téléphone me fit sursauter. J'avais vraiment les nerfs en pelote.

– Oui ?

– Bonjour, euh, j'ai appelé à la gendarmerie, et ils m'ont donné votre numéro. Moi, c'est Patrice Sarella, vous savez, le cousin des victimes, là, vous êtes passés chez moi l'autre jour prendre ma déposition...

Ah, oui. Le chômeur accro au « Rameau doré ».

– Que puis-je pour vous ?

– Eh bien, j'en ai parlé avec m'sieur Servano, vous voyez, le journaliste...

De toute évidence, trop captivé par son émission, il n'avait pas ouvert le journal pour apprendre que Thomas Servano avait été assassiné à son tour. Quoique, cela ne ferait peut-être qu'un entrefilet ?

– Vous savez, comme j'habite le plus près et que, ben, comme j'ai pas de boulot, j'ai le temps, alors c'est moi qu'on a chargé de la maison des cousins. Je sais pas encore si c'est moi qui vais en hériter, mais bon, pas question d'habiter là-dedans, après ce qui s'y est passé !

Il avait peur que les fantômes le tirent par les pieds ? Mais il ne m'appelait tout de même pas pour me faire part de ses états d'âme...

– Vous savez, vous m'avez dit de vous appeler si je me rappelais de quoi que ce soit...

– En effet ?

– Eh bien, je pensais pas que ça puisse avoir de l'importance, mais... En nettoyant la maison, j'ai trouvé quelque chose de bizarre. M'sieur Servano m'a dit que je devrais vous appeler.

– Qu'est-ce que c'est ?

– Eh ben, vaudrait mieux que vous veniez voir...

J'avais vu assez de films policiers pour savoir que celui qui disait cela se faisait généralement assassiner avant d'avoir pu montrer sa preuve. Mais on n'était pas dans un film.

– Vous pouvez être sur place dans, mettons, une heure et demie ?

– Disons plutôt deux heures, répondit-il. Avec cette neige...

*

Le cousin avait raison. Il avait dû neiger toute la nuit, et là où elle ne s'était pas encore transformée en gadoue, la couche blanche montait jusqu'aux genoux. Il faudrait rouler au pas.

Par contraste, le ciel était d'un bleu éblouissant, le soleil se réverbérant sur la couche immaculée, presque translucide. Heureusement que j'avais mes lunettes noires.

Par bonheur, le chasse-neige avait déblayé les routes, mais avec une chaussée détrempée et des pneus pas forcément de première fraîcheur, je préférais rouler sur des œufs. Ce qui ne m'empêcha pas d'arriver à l'heure.

En revoyant la maison du crime, je ressentis une drôle d'émotion que je serais bien en peine de qualifier. Devant était garée une Clio rouge cabossée, sosie de celle de Thomas Servano. Drôle de coïncidence. La neige avait été repoussée sur les côtés de la chaussée, formant d'énormes congères qui ne faisaient pas mine de fondre.

Le cousin – Patrice Sarella, donc – devait guetter derrière la fenêtre parce qu'il sortit à ma rencontre dans l'air glacial. Serrage de louche, puis il m'invita à le suivre.

C'est dans la chambre de la fille que se trouvait l'anomalie.

Un panneau dans le mur, un petit carré de dix centimètres sur dix, donnait sur un petit renfoncement évoquant un coffre-fort. Sauf qu'il n'avait pas de porte.

– Regardez, on a découpé le papier peint !

Il me montra une petite plaque aux dimensions de la cavité posée par terre. Je la ramassai. C'était une plaque de bois. Je la posai contre le carré. Elle s'emboîtait parfaitement. Le tout devait être invisible sous le papier peint.

En regardant bien, aux alentours du trou, je vis des éraflures. Là où on avait sans doute tâtonné avant de trouver le bon emplacement. Toutes concentrées au même endroit. Celui qui avait retiré le panneau avait déjà une bonne idée de l'endroit où il fallait chercher.

Je regardai à l'intérieur de la cavité. Elle n'était pas profonde, une dizaine de centimètres tout au plus. Il y avait une couche de poussière avec un cercle presque parfait en son centre. Comme si on y avait posé un objet. Pour le retirer ensuite.

Je restai figé sur place une bonne minute, mes méninges tournant à toute allure.

On avait découpé le papier peint à cet endroit précis pour ouvrir la cachette et, selon toute probabilité, en retirer quelque chose. Était-ce un coup de notre démon ? Ça semblait être la seule possibilité. Auquel cas, ça lui donnait un mobile. Mais pour quel trésor pouvait-on massacrer toute une famille ? Et pourquoi les autres meurtres ? Toujours ces mêmes questions obsédantes...

Je me rappelai soudain que j'étais censé être un professionnel et tirai mon portable pour photographier le trou béant.

– Vous... Vous pensez que c'est important ? demanda le cousin.

Je lui sortis ma plus belle langue de bois :

– C'est trop tôt pour le dire, mais en tout cas, je vous remercie de nous avoir prévenus. C'est peut-être un indice qui nous permettra de résoudre l'affaire.

Il hocha la tête.

– Dites, on peut y aller ? À midi, il va y avoir les nouvelles éliminatoires, et j'ai parié sur Kevin...

Il me fallut un gros effort de volonté pour ne pas lui sauter à la gorge.

★

Je refis le trajet avec des points d'interrogation dansant dans la tête.

Comment le tueur pouvait-il savoir où chercher ce mystérieux objet, si bien caché qu'on pouvait présumer que les occupants eux-mêmes en ignoraient l'existence ? Parce qu'il l'avait planqué lui-même ? Le fruit d'un vol ? Mais pourquoi ne revenait-il le récupérer que maintenant ? Et il aurait pu le faire sans massacrer toute la famille ! Et d'ailleurs, pourquoi avoir tué les autres ? Il ne pouvait tout de même pas y avoir *deux* tueurs en série qui auraient décidé de passer à l'action au même moment ?

Tous les sens battant la campagne, je pouvais presque voir l'image de ce démon planer au-dessus de la route, une ombre titanesque riant d'une joie malsaine. Lui savait pourquoi il avait agi de cette façon. Moi pas. Et j'ignorais si je le découvrirais un jour.

★

Je réussis à retourner à la gendarmerie sans finir dans le fossé. Comme j'avais roulé au pas, il était onze heures passées lorsque je m'arrêtai dans la cour.

Caro était là, bien sûr. Fidèle au poste.

– Alors, patron ? Qu'est-ce qu'il vous voulait ? Il ne m'a rien dit, alors je me suis permise de lui filer votre numéro.

Je lui expliquai brièvement la situation. En la voyant écarquiller peu à peu les yeux, je sus qu'elle nageait tout autant que moi.

– Eh bien, avec ça, on est bien avancés, conclut-elle, ce qui résumait bien la situation. Oh ! ajouta-t-elle, Rémi est passé. Les ordinateurs remarchent.

– Ah, enfin une bonne nouvelle !

Je m'assis devant mon bureau et ouvris ma boîte mail, me demandant pour la millième fois qui pouvait bien répondre à toutes ces pubs non sollicitées. Ces braves gens qui espéraient vous vendre tout et n'importe quoi. Comme si j'avais besoin d'un abri de piscine...

Parmi toute cette drouille, un mail attira mon attention. Servano45@bigmail.com.

Thomas Servano ?

J'eus la curieuse impression de recevoir un message par-delà la mort. Je regardai la date. C'était celle d'hier. 11 h 46 du matin.

Il devait me l'avoir envoyé avant de partir faire ce reportage qui se conclurait sur son assassinat.

C'est avec un pincement au creux de l'estomac que je cliquai dessus.

Je crois que j'ai trouvé le lien. Les maisons ! Ce sont les maisons !

Je fixai le message une bonne minute sans bouger. Que voulait-il dire par là ? Il croyait sûrement pouvoir me l'expliquer par la suite. Il ne se doutait pas que...

J'avais besoin de réfléchir, et je savais où je pourrais le faire en toute quiétude.

Je démarrais déjà le moteur lorsque je m'aperçus que j'étais sorti sans dire à Caro où j'allais. Tant pis. En cas d'urgence, elle pouvait me joindre sur mon portable.

*

Le lac de Châlain, sur la commune de Fontenu.

On y accède par une petite route ombragée, enfin, en été. Les arbres dénudés ne protégeaient guère du soleil qui s'était brutalement caché derrière de gros nuages noirs, une des sautes d'humeur typiques du climat actuel.

Tout en longueur, le lac proprement dit est flanqué d'une grande esplanade qui, en été, bourdonne d'activité. C'est un des campings les plus fréquentés de la région. Il compte restaurants, boutiques, et même une piscine. Mais bien sûr, en cette saison, tout était mort. Un vent frais pouvait balayer l'esplanade du parking sans rencontrer le moindre obstacle.

C'est là qu'il y a cinq mille ans, au néolithique, des ancêtres à nous avaient bâti une cité lacustre. Parfois, je pensais à ces hommes et femmes qui nous avaient fourni toute une documentation sur leurs mœurs. Qui étaient-ils ? Comment vivaient-ils ? Avaient-ils les mêmes préoccupations que nous ? En ce temps, la vie n'était probablement pas moins pénible, mais certainement plus simple...

Mais ce n'était pas ce qui me préoccupait alors que j'empruntais le sentier longeant la rive nord du lac. Là, il y avait une petite zone naturiste paisible – quoique peu confortable, puisque les adeptes du plein air devaient se contenter de petits bouts de plages de rochers –, mais qui, ces dernières années, était source de perturbations : de plus en plus de voyeurs, des groupes de beaufs plus ou moins jeunes et plus ou moins agressifs... Comme partout, l'ambiance n'en finissait pas de pourrir lentement. L'association qui gérait le site faisait de la résistance et continuait d'y croire. Pour combien de temps ?

Aujourd'hui, bien sûr, pas un seul centimètre carré de peau exposée en vue. J'avais trouvé ce que j'étais venu chercher en ce lieu : le calme.

Debout au bord du lac, je tentai de gagner cette paix que m'inspirait la nature. Sentant le froid infiltrer ses doigts de givre sous ma parka après un quart d'heure de marche revigorante, je fermai les yeux.

Je crois que j'ai trouvé le lien. Les maisons ! Ce sont les maisons !

Je fis le vide dans mon esprit. Voulus invoquer cette espèce de don qui semblait s'être révélé en moi, me permettant de reconstituer les itinéraires de ce démon.

Puis soudain, j'ouvris grand les yeux. Dans mon esprit, les rouages venaient de se mettre en marche. Cette étrange cache dans la maison des Sarella était la dernière pièce du puzzle.

La vérité m'inonda comme une bouffée de chaleur. Mais oui, bien sûr, comment avais-je pu être si aveugle !

Le tueur ne choisissait pas des familles à massacrer. Non, le point en commun entre tous ces gens, c'étaient les maisons qu'ils habitaient ! C'étaient elles, les vraies cibles du tueur. Peu lui importait qui les habitait. Ces pauvres bougres étaient justes au mauvais endroit au mauvais moment !

Je me levai d'un bond pour courir vers ma Focus. Dans ma tête, une litanie se déroulait. *Les maisons ! Les maisons ! Les maisons !* Je ne saurais dire si elle était restée dans mon cerveau ou si cet étrange mantra s'échappait de mes lèvres. Heureusement qu'il n'y avait personne pour me voir !

J'entrai en coup de vent dans la salle de notre gendarmerie.

– J'y suis ! Il va falloir appeler tous les ayants droit des victimes. Voir s'ils ont également trouvé un emplacement bien caché où on aurait récupéré quelque chose ! Bon sang, j'aurais dû y penser ! Le point commun qu'on cherchait, c'était les maisons !

Je remarquai à peine que j'avais fait sursauter Caro. Je sortis de ma transe et m'aperçus qu'elle me regardait d'un air indéchiffrable. Puis elle se mit à pleurer.

– Je n'en peux plus, patron... sanglota-t-elle.

J'ignorai la pointe glacée qui tentait de se frayer un chemin vers mon estomac.

– Comme nous tous, Caro. On n'a jamais eu affaire à une histoire pareille, et puis Serge qui est à l'hôpital...

Je notai au passage qu'il faudrait que je passe le voir. Si j'en avais le temps.

– Ce n'est pas ça, insista-t-elle. Cette histoire est en train de nous rendre tous fous. Ça devient une obsession. J'y pense tout le temps. Mon mari, mes enfants disent que je suis distante, irritable. Des fois, je n'en dors même plus de la nuit.

– C'est normal qu'on soit à cran, c'est...

– Mais il n'y a plus rien de normal ! cria-t-elle d'une voix un rien hystérique. Vous trouvez qu'il y a encore quelque chose de normal dans tout ce qui se passe ? On ne devrait jamais devoir s'occuper d'une histoire pareille ! En temps normal, il y a longtemps qu'on aurait rendu la main à des gens plus compétents que nous ! On ne devrait pas être sortis de nos casernes, ni devoir se battre contre le manque de moyens, ni conduire une caisse pourrie ! Mon mari ne devrait pas avoir peur d'être viré alors qu'il bosse comme quatre !

Hein ? Première nouvelle.

– C'est juste un boulot, continua-t-elle. Je ne vais pas y risquer ma santé, ma famille. Tant qu'on se contentait du quotidien, ça allait. Mais devoir encore gérer tout ce stress, ce sentiment d'être inutile... Ça n'en vaut pas la peine.

Je secouai la tête sans savoir que dire. Impression que ma réalité se fendillait comme une couche de glace au redoux. Après tout ce qui était arrivé...

– Et puis, j'ai peur, reprit-elle. Peur de ne pas y arriver. Peur qu'il y ait encore un esclandre. Ce qui vous est arrivé à Lons, ces types qui vous ont attaqué, et puis cette fusillade... Vous auriez pu y rester tous les deux, vous vous rendez compte de ça ? Non, vous êtes parti à l'assaut, comme un bon petit flic ignorant le danger.

J'aurais pu la détromper, parler du choc en retour que j'avais ressenti, mais ça n'aurait servi à rien. Ma réalité continuait de se fragmenter, s'abattant par pans entiers comme un iceberg grignoté par un courant chaud.

– Non, je ne peux pas risquer ça. Avant, quand tout était paisible... Mais maintenant, j'ai peur. Et vous me faites peur, patron. Franchement, vous avez toujours été un peu à l'ouest, mais maintenant, vous avez l'air d'un fou. Je ne sais plus sur quel pied danser. Non, mais vous vous êtes vu ?

Elle tendait une main accusatrice.

Je me tournai vers l'ordinateur. C'était vrai, j'étais hirsute, depuis combien de temps ne m'étais-je pas rasé ? Et mes cheveux en buisson auraient bien besoin d'un coup de brosse. Et ces yeux, bon sang, on aurait dit qu'ils avaient reculé dans leurs orbites, et ils étaient injectés de sang, luisants de fièvre...

Ce pourrait être le visage du démon meurtrier que nous poursuivons.

Oh, misère !

– Non, conclut Caro d'un air triste, je ne peux plus continuer comme ça. Ma famille est plus importante que tout. Ce boulot de merde n'en vaut pas la peine.

Je l'entendais à peine, tourné vers ce reflet déformé de moi-même, lorsque je reçus un deuxième coup de masse. Ce boulot de merde ? Alors elle n'aimait pas ce travail ? Je repensai à la bonne humeur qui régnait sur notre Scooby Gang. Ou n'était-ce qu'une illusion ? Ce que je voulais croire, parce que *moi*, je m'en contentais ? Est-ce que, maintenant que notre équipe s'effilochait, que les passions s'exacerbaient, on ressortait les vérités pas forcément bonnes à entendre ?

Une partie de moi se dit que je ne l'avais jamais entendue parler aussi longtemps. Je la croyais silencieuse. Mais que ruminait-elle en cachette ?

– Je suis désolée, patron. Je sais qu'on dirait que je vous abandonne, mais il le faut. J'ai un arriéré de RTT, alors je vais les prendre. Je sais, ce n'est pas régulier, vous pouvez me dénoncer s'il y a encore quelqu'un qui s'en soucie. Tant pis si je suis virée, ça ne sera pas une grande perte. Mais je ne peux pas continuer.

– Mais j'ai enfin une piste...

– Je vous la laisse, et je vous souhaite bonne chance. Pour moi, c'est fini.

Elle s'attarda un instant, son visage une mosaïque d'émotions contradictoires, puis ajouta :

– Excusez-moi, patron.

Puis elle enfila sa parka, sortit de la pièce et s'en alla.

Le claquement de la porte eut quelque chose de définitif. J'imagine que ce que je ressentais était ce qui arrive lors d'une rupture amoureuse. De la douleur, de la déception, un rien d'arrogance – qu'elle s'en aille, je peux me débrouiller tout seul ! – et une impression d'immense gâchis. Celui qui donne envie de disséquer le souvenir de chaque moment de cohabitation pour voir s'il contenait déjà les germes de... cette désertion.

Je me tournai vers l'homme des bois aux yeux fous qui me regardait sur l'écran de l'ordinateur.

Une résolution nouvelle balaya toutes ces émotions.

Il faut que je résolve cette histoire. D'une façon ou d'une autre. Tant pis si elle me dépasse. C'est la seule solution. C'est mon devoir. Que tout redevienne comme avant.

Mais qu'était donc ce « comme avant » ? Une illusion ? Un mensonge ? Un vernis qui se fendillait ? Serge, Caro, toutes ces avanies... N'était-on pas déjà passé au-delà du stade où les choses pouvaient redevenir « comme avant » ?

Il avait neigé toute la nuit lorsque je montai dans ma Focus pour me rendre chez les Fioretti. Le ciel restait lourd, sombre, boudeur, avec l'air de dire « pour l'instant, ça va, mais attendez un peu et vous allez déguster ».

Il y avait bel et bien une proche famille pour s'occuper de la maison, comme me l'avait révélé le notaire chargé de la succession. Vanessa Fioretti avait une sœur. Ce serait probablement elle qui hériterait. Contrairement au cousin Sarella, elle s'était installée dans la maison du crime en attendant que les formalités soient réglées. Il faut croire qu'elle n'était pas superstitieuse.

Une fois de plus, je dus rouler au pas. À un moment, il se mit à tomber un peu de neige fine, mais cela ne dura pas. Un avertissement avant la grande tempête ?

La sœur – Carla Fioretti, m'avait dit le notaire – vint m'ouvrir en personne. Pour autant que je sache, il n'y avait personne d'autre dans la maison.

C'était une petite femme qui, pour autant que je puisse en juger, ressemblait à sa sœur avec quelques années et quelques kilos de plus. Quoi que je n'eusse jamais vu Vanessa Fioretti de son vivant. Mais elle avait le même visage aux traits allongés s'arrêtant juste avant de devenir chevalin, les mêmes cheveux très noirs, même si elle les portait courts.

Je lui avais expliqué au téléphone ce que je cherchais, et elle m'avait dit l'avoir trouvé par hasard, en faisant du rangement. Bien sûr, elle ne pensait pas que cela pût être important...

– Je connais la maison, me dit-elle tout en m'escortant le long du couloir, j'y suis venue plusieurs fois passer des vacances. Je m'entendais bien avec toute la famille, vous savez. En fait, je leur ai toujours jalousé leur grande baraque, moi qui n'avais qu'un petit appartement. Je crois que je vais m'y installer. Mais c'est incroyable, je la jalousais, c'est vrai, mais pas... pas dans ces circonstances...

Elle avait l'air tiraillée entre son deuil et la joie d'obtenir la demeure de ses rêves et ne savait comment gérer ce genre de contradictions. Au bout d'un moment, son bavardage ne fut plus qu'un bruit de fond. Elle avait l'air de faire partie de ceux qui adorent s'écouter parler.

Enfin, une porte, celle d'un placard qu'elle m'avait indiqué. J'entrai. Il était trop petit pour qu'on y tienne à deux. On y avait disposé un petit escabeau. Je montai les trois marches.

En effet, tout au fond, entre deux étagères, je vis une petite cavité, fort semblable à celle de chez les Sarella. Son couvercle, si j'ose dire, gisait à côté. Je pris la lampe torche que j'avais emportée. En tendant les doigts, je pus remettre le carré en place. Il s'emboîtait parfaitement. Pas besoin de papier peint : les vêtements empilés sur les étagères suffisaient certainement à le dissimuler. Il fallait les retirer en se mettant à hauteur du rectangle pour remarquer quelque chose. Et encore, à condition de regarder de près. Un esprit concentré sur une tâche usuelle quelconque n'y aurait certainement vu que du feu.

En me tortillant entre ces mêmes étagères, je pus m'avancer un peu et éclairer l'intérieur de la cachette. Une fois de plus, il y avait une marque dans la poussière, un carré cette fois-ci.

Je retouchai terre.

– C'est dingue, non ? disait Clara Fioretti. Pourquoi cacher quelque chose au fond d'un placard ? Alors que...

– Vous êtes sûre qu'il n'y avait rien dedans lorsque vous l'avez découvert ? coupai-je.

– Non, bien sûr, sinon, je vous l'aurais dit ! Oh, pourquoi est-ce que je vous cacherais quelque chose ? Je ne vais tout de même pas avoir des ennuis ?

Je la rassurai avec des mots banals. L'esprit déjà ailleurs.

Thomas Servano avait été mon luton, ce petit farfadet des légendes jurassiennes qui, pour peu que vous lui soyez sympathique, vous rend toutes sortes de menus services en échange d'une assiette de lait. Le journaliste m'avait donné un élément déterminant, du moins j'en étais persuadé. Même s'il était probable que je ne saurais jamais précisément comment il en était arrivé là.

Et d'ailleurs, quelle importance ? Je tenais un os à ronger.

★

Pour les Lamosse, ce fut une autre paire de manches. Il n'y avait pas encore d'héritiers présumés. La famille la plus proche du couple résidait en Amérique du Sud et ne pouvait se déplacer.

Du coup, je contactai Jérôme Laugier, le voisin, l'ex-militaire qui avait pris les choses en mains. Comme il avait la clé de la maison – les Lamosse la lui avaient confiée en cas de perte –, il avait pu réceptionner les nettoyeurs puis les envoyés du notaire.

C'est donc lui que j'appelai. Dans l'espoir qu'il ne me demande pas si j'avais une commission rogatoire ou autre papier officiel. Parce que je n'étais pas sûr d'être dans mon droit.

N'empêche, il me reçut et me déverrouilla la porte de la maison, m'évitant d'y entrer par effraction. Oui, je m'y serais résolu s'il l'avait fallu. Il eut également le tact de me laisser opérer sans poser de questions, me demandant juste de le prévenir lorsque je repartirais pour qu'il vienne verrouiller la porte. Était-ce le militaire en lui ? Le respect de la hiérarchie et des autorités inscrit dans ses gènes ?

Une fois seul, je me mis au travail. Ça ne fut pas facile. Je fouillai méthodiquement toutes les pièces. Celles-ci contenaient encore tous les objets des Lamosse là où ils les avaient laissés, me donnant l'impression de violer leur intimité.

Plus d'une fois, je faillis renoncer. Puis je m'y remis. C'était tout ce que j'avais comme piste. S'il y avait également une cachette dans cette maison, je tiendrais au moins un point commun. Je préférai ne pas penser à ce que j'en ferais. Chaque chose en son temps.

Cela me prit deux bonnes heures, mais je finis par parvenir à mes fins. Plus précisément au sous-sol, dans la buanderie.

Cette fois, on avait déplacé un placard. Et oui, il y avait une cachette dans le mur. Rectangulaire, cette fois-ci. Tout comme l'empreinte dans la poussière.

Oui, en effet. Je tenais un schéma.

Mais si ce démon voulait récupérer quelque chose dans ces maisons, pourquoi prendre la peine de massacrer ses occupants ?

J'allai prévenir M. Laugier que j'en avais terminé.

– Si je puis me permettre, me demanda-t-il alors que j'allais partir, vous en êtes où de l'enquête ?

– Elle suit son cours, répondis-je automatiquement.

Il parut s'en contenter. S'il savait !

★

Le retour à Clairvaux-les-Lacs fut à nouveau une épreuve de patience : la neige s'était décidée à tomber à gros flocons lymphatiques.

Bercé par le bruit rythmique des essuie-glaces, je repassais dans ma tête le peu d'éléments à ma disposition.

Quelqu'un (le tueur ?) avait laissé dans ces maisons des objets. Ils devaient y reposer depuis des années, vu la couche de poussière. Pour une raison X, il avait décidé de récupérer ce mystérieux butin aujourd'hui, en assassinant sauvagement les occupants actuels de ces demeures.

Leurs occupants actuels...

La vérité m'inonda soudain. Je me mis à trembler si fort que je dus m'arrêter au bord de la route.

Mais oui ! Et si le tueur avait lui-même vécu dans ces maisons ? Cela expliquerait qu'il ait pu cacher des objets à l'intérieur ! Oui, c'était forcément ça !

Je me mis à transpirer, les larmes aux yeux, tout en suant à grosses gouttes. Un sourire dément tartiné sur le visage. Heureusement que personne n'était là pour me voir.

Je n'avais qu'à chercher les occupants successifs de ces maisons. S'il y avait une personne ou une famille qui les avait habitées tour à tour, j'aurais fait un pas décisif vers le coupable.

Je revis ce démon qui devait être là, quelque part. Tout d'un coup, il me parut moins effrayant, plus... *humain.*

Je me rapproche, enfoiré. Je me rapproche.

★

Ce soir-là, je m'endormis une fois de plus au son des *Variations Goldberg.*

Une fois de plus, je rêvai d'une course-poursuite avec une créature inconnue dans une forêt de cauchemar.

Mais avec une différence de taille par rapport aux autres nuits : cette fois, c'était *moi* le poursuivant.

Au moins, cette fois, je savais à qui m'adresser. Aux personnes compétentes lorsqu'une maison changeait de mains, à ceux qui m'avaient déjà aidé à identifier les ayants droit : les études de notaires. Les braves gens.

– Bonjour, ici la gendarmerie de Clairvaux-les-Lacs. J'aurais besoin de renseignements sur l'historique des propriétaires d'une maison située à l'adresse...

Je passai une partie de la journée à répéter cette même phrase. Certains furent coopératifs. D'autres beaucoup moins. Certains promirent de rappeler et ne le firent jamais.

– Désolé, fit une voix bougonne, mais je suis très occupé. Je n'ai pas le temps de farfouiller dans mes archives.

– *Monsieur,* repris-je d'un ton glacial, il s'agit d'une enquête criminelle. Des gens sont morts dans cette maison. Identifier ceux qui s'y sont succédé peut nous aider à découvrir les coupables. Si vous refusez de coopérer, je demanderai une commission rogatoire et je viendrai faire des recherches avec mes adjoints. Bien sûr, je ne peux pas vous dire combien de temps nous passerons dans votre bureau, ni vous garantir que nous remettrons les archives en bon ordre. Nous aussi, monsieur, nous sommes pressés d'attraper un meurtrier avant qu'il ne frappe à nouveau.

Inutile de dire que c'était de l'improvisation. Pouvais-je mettre ma menace à exécution ? Je n'en avais pas la moindre idée. Et pire encore, j'ignorais si le notaire, lui, le savait. Mais des termes sonnant officiels tels que « commission rogatoire » font parfois des merveilles. C'est assez vague pour être inquiétant.

L'intéressé réfléchit une poignée de secondes, puis :

– Rappelez-moi cet après-midi. Je vais voir ce que je peux faire.

Il raccrocha, j'en fis autant.

Au final, il me trouva une série de noms. La maison des

Fioretti avait été construite en 1949. Ses propriétaires successifs étaient :

1949-1958 : Dupin

1958-1973 : Delahaye

1973-1992 : Clermont

1992-2000 : Mardane

2000- : Fioretti.

Voilà qui limitait la liste.

J'eus plus de problèmes avec la maison des Lamosse. Le nouveau notaire me dit que les archives de son prédécesseur avaient brûlé. Il ne pouvait retrouver de propriétaires plus anciens.

Je dus donc à nouveau braver la neige pour aller farfouiller dans le fatras incroyable qu'étaient les archives cadastrales. Un après-midi entier dans une salle puant l'encaustique bon marché et les choses anciennes, à compulser des registres poussiéreux dont certains étaient passablement moisis. Mais je bravai la lassitude et la poussière en suspension qui s'infiltrait dans mes narines pour continuer mes recherches.

Et je finis par trouver des notes écrites à l'encre.

1951-1972 : Chaumetière

1972-1995 : Londreyx

1995- : Lamosse

C'était tout. Pas le moindre nom similaire. Mais je continuai malgré tout avec les Sarella. Cette fois, après avoir appelé six notaires des alentours, l'un d'entre eux admit s'être occupé de cette maison.

Le corps de ferme remontait à 1890, du moins c'étaient les premières inscriptions. Inutile de remonter si loin.

1934-1945 : Ledrian

1945-1996 : Garcin

1996- : Sarella.

Et voilà. Toujours pas de correspondance. Je poussai un gémissement de bête blessée. C'était ma seule piste et...

Un instant. Les listes que j'avais sous les yeux étaient celles des *propriétaires*. Or ils pouvaient parfaitement avoir *loué* leur bien à un tiers.

J'eus un éclat de rire nerveux. C'est cela, oui. Comment pouvais-je espérer retrouver tous ceux qui avaient un jour habité une de ces maisons ?

*

Avec beaucoup, beaucoup de patience.

Et beaucoup, beaucoup de coups de fil.

Un travail de fourmi. Avec des réponses majoritairement négatives.

Je m'aperçus que je me sentais faible, étourdi. Je regardai par la fenêtre. La blancheur de la neige se perdait dans la nuit noire. Je n'avais pas vu passer la journée.

Je m'aperçus aussi que je n'avais pas pris le temps de manger à midi. Rien d'étonnant à ce que je commence à fatiguer...

Je décidai de laisser tomber pour aujourd'hui et allai me chercher un plat surgelé à l'un des deux petits marchés de Clairvaux.

Cette nuit, je rêvai à nouveau. Toujours une poursuite. Mais cette fois, la forêt avait perdu ses couleurs sanglantes. Et elle n'était plus indifférente, voire hostile. Au contraire, alors que je chassais une proie insaisissable, j'eus l'impression qu'elle me *guidait*.

Au matin, j'optai pour y voir un bon présage.

Il me fallut encore bien des efforts pour obtenir des agences immobilières les noms complets des anciens propriétaires. Une recherche avec juste un nom de famille m'aurait fait perdre un temps infini, d'autant que rien ne permettait de dire qu'ils soient restés dans la région. Certains agents disposaient même de leur adresse actuelle. Les braves gens, qu'ils soient bénis jusqu'à la vingt-quatrième génération !

Avant de continuer ce travail fastidieux, je regardai autour de moi. J'étais seul dans notre petite gendarmerie. Mon Scooby Gang me manquait. Et pas juste pour m'assister. J'aimais la solitude, mais en fouillant mon cœur, je m'étais aperçu que mes subordonnés m'étaient plus chers que je le croyais. Typique de s'apercevoir que l'on tient à quelque chose le jour où l'on en est privé.

Cette introspection me poussa à me poser la question qui dérangeait : avais-je été un bon chef ? Jusque-là, je croyais que nous formions une équipe solide, soudée, efficace dans nos attributions limitées. Et pourtant, Caro avait bien qualifié de « travail de merde » ce que nous faisions. Le pensait-elle vraiment ? Certes, notre quotidien n'avait rien de particulièrement enthousiasmant, mais c'était une routine confortable. Trop, peut-être ?

Je repensai à ce qu'elle m'avait dit. C'est vrai que cette histoire finissait par m'obséder, mais n'était-ce pas pour la bonne cause ? Pour sauver des vies ? Et même plus encore, depuis que je sentais que la forêt, la nature s'en ressentait. Comment qualifier ce que je voulais accomplir ? Restaurer une forme d'équilibre naturel ? Mais entre quoi et quoi ? Mon petit doigt me disait que je ne le saurais qu'à la fin du voyage...

Certes, j'étais distant. On ne peut pas dire qu'on se tapait sur le ventre, mes subordonnés et moi. Je savais fort bien tout ce qu'on pouvait penser de moi. Comme je l'ai expliqué, j'étais entré dans la gendarmerie afin de ne pas trop souffrir de ma différence. Mais alors ? On ne se faisait pas des barbecues le dimanche, on n'allait pas boire une bière le soir après le boulot, on ne faisait pas des fiestas pour les anniversaires des uns et des autres, mais était-ce vraiment nécessaire ? Nous avions tous une vie en dehors du travail, et nous y retournions une fois celui-ci terminé.

Aussi loin que je puisse me souvenir, je ne m'étais jamais montré autoritaire ni tyrannique. Et bon sang, tout le monde ne pouvait pas en dire autant.

Quant à Serge, toujours à l'hôpital, Rémi avait bel et bien mis sur pied une cagnotte sur Internet – un *crowdfunding*, comme il disait – en son nom, comme je le lui avais suggéré. Pour l'instant, ce n'était pas le pactole : mille cinq cents euros. Ce n'était pas rien non plus. Comme l'affaire n'avait pas fait grand bruit, on était resté dans le cadre des collègues de tout le pays. Et comme tout le monde, ceux-ci ne roulaient pas sur l'or. Mais bon sang, j'avais au moins essayé de faire quelque chose pour lui...

Si seulement la forêt n'était pas si affectée ! Elle m'aurait peut-être aidé à trouver des réponses.

Ou peut-être n'arrivais-je pas à déchiffrer les indices qu'elle me laissait ?

Je retournai à mon démarchage téléphonique. J'aurais tout le temps de me poser des questions une fois cette affaire résolue.

Oui, car cette fois, je pensais sincèrement avoir une chance d'y parvenir. Peut-être me berçais-je d'illusions, mais après m'être senti impuissant pendant si longtemps...

J'eus un soupir en décrochant mon téléphone. Autant en finir avec la partie la moins intéressante de mes investigations.

★

– Oui, je me souviens de cette maison...

Mon cœur fit un bond. Enfin ! Ma première touche de la journée. C'était celle des Lamosse. Elle avait appartenu à une certaine Caroline Londreix.

Celle-ci était décédée en 2008, un an après son mari, mais j'avais retrouvé sans trop de mal sa fille, Linda.

– Elle l'a louée deux ou trois fois. En 1995, elle est tombée sur une famille qui a disparu du jour au lendemain en laissant plusieurs mois de loyer en retard.

Je n'aurais su dire pourquoi, mais voilà qui me mit la puce à l'oreille.

– J'avais quatorze ans à l'époque, continua-t-elle, et je me souviens de sa colère ! C'est ce qui l'a décidée à vendre une bonne fois pour toutes. À des gens qu'elle a trouvés très bien...

– La famille Lamosse ?

– Oui, il me semble que c'était ça.

– Vous auriez les noms des locataires successifs ? Notamment de ceux qui se sont sauvés à la cloche de bois ?

– Oh, il va falloir que je fouille dans les archives de ma mère, je ne suis pas sûre d'avoir tout gardé...

– Était-elle passée par une agence pour louer ?

– Oui, je l'avais accompagnée une fois, je me souviens de leur espèce de logo avec sa maison stylisée verte...

Voilà qui m'évoquait une des agences de la rue des Arcades de Lons-le-Saunier.

– Locaterre ? tentai-je.

– Oui, c'est ça ! Je vais chercher dans les archives au cas où. Je vous rappelle si je trouve quelque chose ?

– Oui, s'il vous plaît.

Je lui donnai le numéro de la caserne, puis au moment de raccrocher, mon numéro personnel. Maintenant que Caro n'était plus là, il n'y aurait plus de permanence si j'étais appelé ailleurs.

Ce qui, bien sûr, allait à l'encontre de toutes les régulations, mais que vouliez-vous que je fasse ?

★

Les archives de l'agence Locaterre étaient à jour. Ou *des* agences, devrais-je dire.

– Nous avons tout numérisé il y a une vingtaine d'années, fit une voix de jeune femme à l'autre bout du fil. N'importe quelle agence a accès à notre base de données où tout est référencé depuis la création de la firme en 1958. Plus besoin de stocker des dossiers entiers dans les archives, tout est à portée de clic !

Elle avait l'enthousiasme de ceux qui vous appellent à toute heure du jour pour vous faire profiter d'affaires formidables. Je commençais à me demander ce qu'elle allait vouloir me vendre lorsqu'elle reprit :

– Voilà, j'ai accès... Londreix, L.o.n.d.r.e.i.x... Caroline, c'est ça ?

– Affirmatif. Il s'agit des derniers locataires avant qu'elle ne vende la maison.

– Exact, j'ai trouvé. Apparemment, ils ont toujours une ardoise chez nous. Depuis tout ce temps ! Ils n'ont pas payé les frais d'agence. Une plainte courait jusqu'à la prescription. Bizarre qu'on ne les ait pas retrouvés. Il s'agit de la famille Mantese.

– Vous en êtes sûre ?

– Oui. D'après leur dossier, ils sont partis à la cloche de bois en devant encore de l'argent à la propriétaire. On a mis un recouvreur de fonds sur l'affaire, mais ce n'était pas vraiment un pactole, alors on a laissé filer. Ça arrive.

– C'est bien ça. Vous en savez plus sur eux ?

– Non... C'était une famille, c'est ce qui est écrit. Attendez, je dois avoir les prénoms des parents. Voilà. Pascale et

André Mantese. Vous voulez les noms des locataires précédents ?

– S'il vous plaît.

Je les notai consciencieusement avant de remercier et raccrocher.

Si cette brave dame de l'agence avait été là, sous mes yeux, je l'aurais volontiers embrassée. Parce que j'étais sûr que ces clients indélicats avaient laissé leurs traces dans les autres maisons. Était-ce mon instinct ou la forêt qui m'avertissait ? Je n'aurais su le dire. Il y avait bien longtemps que ces deux-là se mêlaient.

Je ne pus m'empêcher de faire les cent pas dans la salle pendant plusieurs minutes pour me calmer avant de retourner au boulot.

Il était temps de vérifier si mon intuition était la bonne.

Ce qui, comme je m'y attendais, fut beaucoup moins facile.

Je ne vais pas vous détailler les innombrables coups de fil que je dus passer plusieurs jours durant avant d'en arriver aux propriétaires des autres maisons. Je pense qu'à ce stade, tous les offices de notaires et toutes les agences immobilières de France et de Navarre devaient me maudire.

Mais je ne vais pas vous faire languir : ma piste était la bonne. Les Mantese avaient effectivement fait un séjour dans chacune des maisons en question. Généralement bref, et sans laisser un souvenir impérissable. La plupart du temps, ils traînaient derrière eux des loyers impayés, des dégradations diverses.

Il y avait des trous dans leurs pérégrinations. Ils avaient habité la maison des Fioretti entre 1998 et 2000 – ici aussi, ils avaient laissé de tels impayés que M. Mardane, le propriétaire, avait préféré vendre. Chez les Sarella, ou plutôt Garcin à l'époque, ils avaient passé un été et un hiver en 1994.

Je tenais donc le point commun entre les meurtres. Une famille avait séjourné dans chacune des maisons où ils avaient été commis. Pour l'instant, ça ne m'avançait guère, mais c'était un début.

Je commençai donc mes recherches sur cette fameuse famille Mantese.

Pas vraiment des gens fréquentables, en effet. Le mari et la femme avaient tous deux fait de la prison dans les années quatre-vingt et quatre-vingt-dix, respectivement pour racolage sur la voie publique et vol à main armée.

Ah, ah. Vol à main armée. Voilà qui piqua mon intérêt. Avec Servano, ce pauvre Servano, ce génie qui avait trouvé le lien bien avant moi, n'avions-nous pas parlé de quelqu'un ayant une certaine habitude de la violence ? Même si aujourd'hui, à la louche, Mantese père devait avoir passé la cinquantaine. Mais c'est un âge où on peut avoir encore tous ses moyens physiques.

Donc, je pouvais en tirer un schéma : la famille avait l'habitude de s'installer comme locataires et de rester peu de temps dans leur demeure avant de déménager à la cloche de bois en laissant des impayés derrière eux. Et les parents n'étaient pas très recommandables. Je continuai mes recherches dans cette direction. Cette fois, les fichiers de police suffirent.

En fouillant davantage, je découvris que le couple avait été accusé de toutes sortes de délits bien après leur sortie de prison. Larcins, dépravations en tout genre, troubles à l'ordre public. Monsieur avait un tempérament bagarreur et, apparemment, Madame ne valait pas mieux. Elle était passée devant le juge pour avoir insulté et tiré les cheveux d'une voisine. Une sombre histoire de poubelles mal placées.

Une certaine habitude de la violence, en effet. Je commençais à chauffer.

Un ou deux articles utilisaient la phrase classique : « Deux marginaux d'une quarantaine d'années. » Et bien sûr, tous deux « vivaient d'expédients ». Des expédients qui incluaient des cambriolages. Du moins les avait-on accusés de jouer les monte-en-l'air, mais le duo infernal avait à chaque fois bénéficié d'un non-lieu. Soit ils étaient innocents, et je savais à quel point la vindicte publique pouvait se retourner contre ceux qui n'étaient pas « comme tout le monde », soit ils avaient bien caché les preuves. Et vu le portrait qui se dessinait petit à petit, j'aurais plutôt opté pour la dernière solution.

Un autre document témoignait d'une accusation pour maltraitance. La totale. Une voisine les soupçonnait de coups et blessures sur leurs enfants. C'est à ce stade que j'obtins leurs noms : Sandra, Patrice et Claudine. J'avançais. C'était peu de temps avant leur départ de la maison des Lamosse, en 2000. Le fils était souvent arrivé en classe avec des bleus. Et d'ailleurs, les enfants avaient une scolarité passablement erratique, au gré des allées et venues de leurs parents.

J'y réfléchis un instant. Pourquoi cette vie d'errance continuelle ? Pour faire oublier les petits délits commis dans l'entourage de leur résidence, à la façon de certains gangs de Roms ? En tout cas, leur portrait se précisait.

Je quittai un instant l'ordinateur pour y réfléchir. Et si ces deux délinquants avaient caché le produit de leurs larcins dans les maisons qu'ils avaient successivement occupées ? Et s'ils avaient décidé de les récupérer ?

Mais je butais toujours sur la même question : pourquoi maintenant, des années plus tard ? Qu'est-ce qui pouvait avoir une telle valeur ? Et pourquoi massacrer ces familles qui ne leur avaient rien fait ?

Néanmoins, je continuai à fouiller. C'était ma seule piste, je ne l'abandonnerais pas comme ça.

C'est alors que je tombai sur la fin de leur odyssée.

Le duo était passé des larcins à plus sérieux : le trafic de drogue. Et ils étaient tombés pour cela.

La saisie avait été d'importance : un million et demi de comprimés de métamphétamine produits et en production, dix kilos de cocaïne, trois kilos de haschich, trente kilos de cannabis, trois presses à comprimés à neuf poinçons, cinq cent quatre-vingt-cinq poinçons, trois armes à autorisation restreinte. La plus grosse saisie de la région, qui avait permis de démanteler tout un réseau. Le nirvana pour les gens de l'Office central pour la répression du trafic illicite des stupéfiants. Je n'étais alors pas encore gendarme, mais j'avais eu vent de l'affaire, qui avait fait du bruit. C'était l'époque où on découvrait tout juste que nos campagnes n'avaient rien à envier à la jungle des villes en termes de came.

En attendant, mon cœur faisait des bonds. Voilà peut-être la raison de ce délai avant qu'il ne commence sa série de meurtres ! Tout simplement, Pascal Mantese était en prison ! Et lorsqu'il en était sorti, il s'était mis en tête de vider ses cachettes – le produit de larcins, ou peut-être des réserves de drogue ? S'il en avait pris pour vingt ans, avec une libération pour bonne conduite... Et la prison pouvait avoir fait de lui un fauve prêt à tout.

Mes espérances furent vite douchées.

Incarcéré à la tristement célèbre prison de Clairvaux (rien à voir avec Clairvaux-les-Lacs), Mantese père y était mort en 2009. Assassiné par un de ses codétenus pour de sombres histoires que seuls les taulards pouvaient comprendre.

Ma piste trop belle pour être vraie se terminait une fois de plus sur une impasse.

★

Je ne sais combien de temps je restai là, à marteler mon bureau du poing. En tout cas suffisamment pour que celui-ci me fasse mal. Lorsque je clignai des yeux pour éclaircir ma vision brouillée, je m'aperçus que je pleurais.

Quelque part, là dehors, ce démon meurtrier devait bien se moquer de moi.

Après cette violente crise de désespoir, je tentai de reprendre pied. Après tout, il me restait les autres membres de la famille.

Une recherche fastidieuse de plus m'apprit que Pascale avait nié toute complicité dans les affaires de son mari. Le juge n'avait pas mordu à l'hameçon. Elle avait écopé de dix ans. Avec une remise de peine pour bonne conduite, elle avait été libérée en 2008.

Deux mois plus tard, on l'avait retrouvée morte dans un squat de Lyon. Overdose d'héroïne.

Je poussai un cri de bête qui résonna dans la gendarmerie déserte. Encore un cul-de-sac.

En plongeant dans les rapports de police, je tombai sur les constatations d'usage. La mort était considérée comme suspecte. Les analyses démontrèrent que Pascale Mantese ne présentait pas les symptômes d'une toxicomane. La drogue qui circulait dans le squat était plutôt de celles qui se fument. On n'y acceptait pas les junkies, considérés à raison comme une source d'ennuis. Nul ne savait où elle avait pu se procurer une dose, même si ce n'était pas vraiment difficile dans ce genre de milieu. Mais faute de nouveaux éléments, le dossier avait été classé sans suite.

J'y réfléchis. Deux morts suspectes. Liées à leur ancien réseau de drogue ? Une vengeance ? Ils devaient certainement avoir fourni des informations à l'OCTRIS. Bien possible. Mais cela ne m'avançait pas davantage.

L'idée que leurs anciens complices aient voulu récupérer ce que les Mantese avaient laissé derrière eux ne tenait pas une seconde.

Il ne me restait plus que les enfants.

De plus en plus découragé, j'entrepris une recherche.

Comme souvent, après l'arrestation de leurs parents, ceux-ci, âgés de dix-sept, seize et quinze ans, avaient été placés en familles d'accueil... Non, un instant. Je regardai un peu mieux. DEUX avaient été placés en familles d'accueil. Les deux sœurs. Il n'y avait pas trace de Patrice Mantese.

Je regardai de plus près. On disait qu'il s'était enfui avant que la police n'investisse la maison familiale. Et apparemment, il courait encore.

C'était l'aîné, du haut de ses dix-sept ans. Trempait-il dans les affaires louches de ses géniteurs ? Plus que probable.

Qu'étaient-ils devenus ? Je fis une recherche... et tout à coup, l'information tomba. Je n'osai en croire à mes yeux.

L'une des sœurs, Claudine Mantese, était revenue dans sa région d'origine.

En fait, elle habitait à quelques dizaines de kilomètres d'ici, sur la route de Dole. Je consultai ma carte. Plus précisément quelque part après Lons-le-Saunier, sur la route de Poligny, bien avant Arbois.

Autant dire à portée de la main !

Claudine Mantese habitait une petite maison à flanc de colline. Une construction simple, sans étage, avec une petite allée descendant jusqu'à une porte de garage en sous-sol. Murs gris, volets carmin. Une véranda à l'arrière. Une ébauche de plate-bande désormais gelée au bas de l'escalier montant jusqu'à la petite terrasse et la porte d'entrée.

Je descendis de ma Focus et frissonnai aussitôt en me blottissant dans ma parka. Le ciel était un tourbillon de nuages furieux hésitant entre le gris clair, le noir et toutes les nuances intermédiaires en un dégradé balayé par un vent glacial sifflant comme une chasse infernale.

L'air était lourd d'humidité, et pourtant, il ne pleuvait ni ne neigeait. Peut-être à la tombée de la nuit ? En tout cas, il était si chargé d'ozone qu'on aurait cru qu'une simple étincelle eût suffi à embraser le monde. Un monde malade. Une nature profondément perturbée. Je l'ai déjà dit, mais je le ressentais avec plus d'acuité encore. Ou était-ce l'effet de la fatigue et de mon état de nerfs ?

La propriétaire des lieux s'était montrée plutôt coopérative au téléphone. Elle accepta de bonne grâce de se soumettre à mes questions. Sans véritable étonnement, comme si elle avait l'habitude de devoir fournir des renseignements relatifs à ses criminels de parents. Sur mon insistance, elle m'avait donné rendez-vous l'après-midi même. Et je me retrouvais devant sa maison, partagé entre un espoir irrationnel de trouver de nouveaux éléments et la crainte d'être déçu une fois de plus.

Elle vint m'ouvrir tout juste après que j'aie sonné, comme si elle me guettait à sa fenêtre. En me voyant, elle eut un léger mouvement de recul, comme effrayée, puis vit mon uniforme de gendarme que j'avais eu la bonne idée de mettre, ce qui parut la rassurer.

Avais-je vraiment une tête à faire peur, au sens littéral du terme ? Une question que je remis à plus tard.

Claudine Mantese était une femme d'une quarantaine d'années – ce que je savais de sa fiche – aux traits tirés, aux yeux enfoncés dans leurs orbites. Elle avait le regard légèrement voilé de ceux qui n'ont pas eu la vie facile. Sèche, mais pas efflanquée, elle était vêtue d'un jean et d'un pull vert à col roulé. Tenue d'intérieur typique.

Elle me fit entrer dans un salon générique en diable. Alors que j'entrais, un rayon de soleil fugitif filtra par une des fenêtres, éclairant ce décor banal et sans personnalité. Canapé, fauteuils et table basse suédois, écran plat pas tout jeune, journaux dans un présentoir. *Typique de ceux qui ont vécu toujours entre deux portes et n'ont jamais vraiment pu se poser, même une fois indépendants,* me dis-je, bien que je n'aurais su trouver d'où me venait cette idée.

Elle s'assit, prit une cigarette dans un étui et l'alluma. Je me retins de faire la grimace. Restai impassible. Au moins, ça me permit d'identifier l'odeur qui planait dans la maison : un relent de clope froide qu'un désodorisant bon marché tentait vainement de dissimuler.

Elle s'installa, les jambes repliées sous elle. Alors que je me demandais comment aborder le sujet, elle me dit :

– Donc, vous voulez en savoir plus sur mes parents ?

– Tout à fait. Vous permettez ?

Je sortis mon enregistreur et le lui montrai. Elle acquiesça. Le temps de faire les réglages, et je pourrais désormais rédiger une retranscription fidèle de cet entretien.

Elle parlait d'une voix douce, précise, avec un langage plutôt recherché, aux limites du précieux. Je n'ai pas réécrit ses paroles, sinon pour éliminer les toussotements, bruits de clopes qu'on allume – elle n'avait cessé de fumer tout au long de l'entretien, me donnant vaguement la nausée – et autres sonorités parasites : c'était vraiment sa façon de s'exprimer. On aurait dit qu'elle avait déjà répété tout ça mille fois et se contentait de débiter un discours déjà prêt.

– Mes parents étaient des monstres, attaqua-t-elle. Des monstres ordinaires, mais des monstres tout de même. J'ai réussi à me réconcilier avec ce fait, mais cela reste la vérité. (Elle eut un petit sourire, ou du moins crois-je m'en souvenir.) Lorsqu'on a vécu son enfance dans une famille dysfonctionnelle, le plus dur est encore de s'apercevoir que ce qu'on tient pour normal ne l'est pas du tout.

– Des monstres... en quoi ?

– Des êtres totalement dépourvus d'empathie. À part peut-être l'un pour l'autre. En cela, pas de doute, ils s'étaient trouvés. J'ignore comment, si je l'ai su un jour, j'avoue ne pas l'avoir retenu. Mais à sa façon paradoxale, c'était le couple le plus uni qu'on puisse imaginer. Je crois que plus que tout, c'est d'être séparés qui les a tués.

« Mes premiers souvenirs sont ceux d'un mouvement incessant. Changer sans cesse de résidence, d'environnement. Nous avions à peine le temps de nous habituer à une maison, à y trouver nos marques, qu'il fallait aussitôt la quitter. Ce qui peut faire son effet sur de jeunes esprits en mal de repères, du moins c'est ce qu'on m'a expliqué ensuite. Et il y avait ce défilé de gens, de "cousins", d'"associés", qui complotaient Dieu sait quoi avec nos parents...

« Inutile de vous dire que nos scolarités ont été chaotiques. C'est même un miracle qu'elles aient pu aboutir. J'ai réussi à m'inscrire et à passer le bac... Mais je m'avance un peu trop.

– Vous parliez de changer de demeures ?

– Oui, mes parents ne tenaient pas en place. J'ai fini par comprendre que lorsque nous ne trouvions pas de logement à louer, mes parents choisissaient de squatter un appartement, une demeure éloignée, parfois même des lieux abandonnés. Cela peut sembler bohème, romantique, mais croyez-moi, cela n'avait rien d'agréable.

– Savez-vous pourquoi ils erraient comme ça ?

– Oh, je l'ai compris bien plus tard. Vous devez savoir que les activités de mes parents étaient tout sauf légales. Je ne crois pas qu'ils aient jamais eu un véritable emploi, ou en tout cas, pas de façon durable. Ils étaient toujours à la maison, recevaient leurs « cousins », comme ils disaient. Il y avait de grands conciliabules derrière des portes fermées. Puis ils disparaissaient pendant un jour où deux et, à leur retour, il fallait encore partir.

– Savez-vous ce qu'ils faisaient durant leurs absences ?

– Ils n'en parlaient pas. Je ne peux que l'imaginer. Des cambriolages, pire peut-être. Les gens avec qui ils traînaient... Ils auraient aussi bien pu porter un écriteau « Je suis un criminel ».

– Et comment le supportiez-vous ? Lorsque vous étiez tout jeunes, ils menaient déjà ce mode de vie ?

– Je me souviens vaguement de « cousines » qui venaient s'occuper de nous, nous surveiller, préparer nos repas... Je ne sais où ils les trouvaient. Les femmes ou connaissances de leurs complices, j'imagine ? Lorsqu'on est enfant, les choses semblent toujours arriver parce qu'elles arrivent, sans véritable lien de causalité, et les souvenirs sont toujours fractionnés... En fait, avec le recul, je me suis souvent demandé pourquoi ils avaient eu des enfants. Pour flatter leur ego, j'imagine. Ils se prenaient pour des Bonnie & Clyde, mais ils n'étaient pas si malins qu'ils ne le croyaient... Pour eux, je crois que nous étions plus des choses que des êtres humains. Je ne sais même pas si on peut dire qu'ils nous aimaient, ou alors comme un chien qu'on caresse lorsqu'on en a envie, puis qu'on chasse d'une taloche une fois lassé, sans plus y réfléchir.

– Ils étaient brutaux avec vous ?

– Pas au départ. C'est le grand problème que je ne suis pas arrivée à résoudre. À quel moment est-ce que les choses ont dérapé ? Ça n'arrive jamais du jour au lendemain, il y a toujours un processus graduel, et lorsqu'on est au cœur des choses, que l'on est jeune, que votre esprit en formation cherche à comprendre les règles du jeu, c'est difficile, voire impossible de faire la part des choses. Longtemps, je me suis demandé ce que j'avais fait pour leur déplaire. Et pourtant, il ne s'agit pas que de moi, puisque nous étions tous logés à la même enseigne.

– Vous voulez dire votre frère, votre sœur et vous ?

– Oui. J'étais celle du milieu, si j'ose dire, entre le grand frère et la petite sœur, ce qui n'est pas facile à vivre. Hum, comment ordonner mes pensées ? Mettons que Patrice était le grand frère, donc protecteur, et que j'étais protectrice de notre petite sœur. Sans le formuler, je crois que nous savions l'un comme l'autre que nous n'avions personne, juste nous, et que le monde extérieur nous serait toujours hostile. Lorsqu'on réussissait à nous scolariser, cela se passait rarement bien. L'enfant n'est pas naturellement bon, il est cruel et impitoyable envers la moindre différence. Les cours de récréation sont une jungle, vous savez, j'ai lu que les comportements humains ne sont pas si différents de ceux du monde animal. Il y a les prédateurs et les victimes, et les prédateurs savent fort bien flairer toute différence, toute faiblesse. Nous avions beau faire des efforts pour nous intégrer, cacher notre mode de vie instable, il y avait toujours quelque chose, un décalage...

J'aurais pu lui dire que je la comprenais plus qu'elle ne pouvait se l'imaginer, mais je ne l'ai pas fait. Je n'étais pas le sujet de cet entretien. Tout commentaire de ma part aurait été déplacé.

– Résultat, reprit-elle, nous nous sommes refermés sur notre noyau. C'est Sandra, la plus jeune, la plus fragile, qui en souffrait le plus. Elle n'avait que nous. Les absences de nos parents n'aidaient guère. Nous étions très proches, tous les trois. Ce qui n'est pas toujours forcément sain. Puis... tout a commencé à mal tourner...

– Pour quelle raison ?

– Une combinaison de facteurs. L'adolescence, d'abord. Les changements qu'elle entraîne. Cette proximité forcée finit par devenir éprouvante. Nous avons commencé à nous disputer, ce qui ne nous arrivait jamais, ou alors pour des trucs de gamins… Nous rêvions d'indépendance. Je crois aussi que nous commencions à sentir que notre mode de vie n'avait rien de normal. Toujours sans avoir les mots pour le formuler, nous voulions mener la même existence que les autres ados. Sans secrets, sans conciliabules derrière des portes fermées, sans savoir si nous n'allions pas devoir déménager du jour au lendemain. À cet âge-là, lorsque votre corps devient un étranger, on a besoin d'un minimum de stabilité… Nos parents, eux, avaient cessé de s'intéresser à nous, ils étaient trop préoccupés à comploter sur la meilleure façon de faire fortune le plus vite possible. J'ai souvent eu l'impression que nous les avions déçus… mais en quoi ? Nous ne pouvions pas rester des enfants toute notre vie ! Encore maintenant, j'ignore ce qu'ils attendaient de nous exactement.

« C'est alors que nos parents ont choisi cette grande maison. Ils ont juré leurs grands dieux que cette fois, nous y resterions. Mais elle était encore plus loin de tout… ce qui correspondait à leur nouvelle activité.

– Qui était ?

– Vous devez le savoir si vous avez lu leurs chefs d'inculpation. J'ai ramassé et rassemblé plus tard les morceaux de ce qui s'est passé à partir de souvenirs toujours aussi fractionnaires. Ils nous ont confiés à des « cousins » pendant une semaine. Ils partaient pour les États-Unis. Je me souviens, nous étions tous furieux de les voir s'en aller sans nous. Les « cousins » étaient aux petits soins, ils avaient une grande maison avec un jardin, mais tout de même. Sandra leur a fait la tête pendant une semaine. Patou a trouvé une distraction : le « cousin » Charles a entrepris de lui apprendre à tirer au fusil. C'était presque aussi bien que de partir aux Amériques.

– Et vous ?

– J'ai beaucoup pleuré. Avec le sentiment d'être abandonnée de tous. Une déprime adolescente typique... J'avais quatorze ans, après tout. Je m'imaginais que nos parents se plairaient tant là-bas qu'ils ne reviendraient jamais. Mais ils sont bien revenus. Avec des rêves pleins la tête, des plans pour faire fortune. C'est alors qu'on s'est installés dans la grande maison.

« Je crois que c'est un de leurs complices – ou “cousins”, peut-être cousin Charles – qui les a mis sur le coup. C'était le grand début des laboratoires artisanaux d'amphétamines, ce fameux *cristal meth*, avant que tout le monde ne s'en alarme. Ils ont ramené des États-Unis les formules et une liste de matériel nécessaire. Dans la grande maison, il y avait une cave fermée à clé où nous n'avions pas le droit d'entrer. Enfin, sauf Patrice... Le second homme de la famille, ajouta-t-elle d'un ton dérisoire. Les choses n'allaient plus très bien avant, et ça n'a fait qu'empirer.

– En quel sens ?

– Nos parents se voulaient caïds de la drogue, mais je crois qu'ils avaient commencé à taper dans la marchandise. Ils étaient nerveux, irritables, paranoïaques... Au moindre retard, ou dès qu'ils ne retrouvaient pas quelque chose, c'était tout un psychodrame, des interrogatoires... Inutile de dire que ça ne les rendait guère enclins à supporter des ados mal dans leur peau, tourmentés par les hormones et un corps en pleine mutation... Sandra surtout en a souffert, elle était la plus jeune, mais la plus sensible, la plus fragile, vous l'ai-je déjà précisé ? Cette ambiance à fleur de peau la mettait dans des états pas possibles. Et puis, elle a fini par m'avouer... Il y avait le « cousin » Jérémie.

Je me souviens qu'à ce stade, mon cœur avait fait un bond. Je le sentais venir. C'était le sujet que j'aurais voulu aborder sans avoir les mots pour cela.

– Bien sûr, aujourd'hui, on dit que ces affaires ne se dissimulent plus comme ça, mais... Le « cousin » Jérémie restait souvent à la maison, généralement enfermé dans la cave. Je présume qu'il les aidait à installer leur petit labo maison. C'était un grand type à l'air rêveur, avec des cheveux graisseux. Il portait toujours un T-shirt troué – mais pas le même. Il avait l'air d'être resté scotché dans les années soixante-dix. Je n'aurais pu lui donner un âge, j'étais adolescente, et pour moi, il n'y avait guère que les « vieux » et les « plus vieux ». Enfin, bref. Je voyais bien que Sandra avait changé, elle devenait de plus en plus fuyante, toujours l'air d'être ailleurs. Un jour, j'ai insisté, et elle a fini par tout me dire. Que le « cousin » Jérémie la rejoignait régulièrement dans sa chambre. Qu'il lui disait que c'était normal, que maintenant, elle était une grande. Qu'elle n'aimait pas trop ce qu'il lui faisait – même s'il ne l'avait jamais frappée ou violentée –, mais qu'elle le laissait faire. Pendant ce temps-là, elle pensait à autre chose en attendant qu'il ait fini. Qu'elle ne savait pas trop quoi faire, vu comment étaient nos parents... J'ai eu vaguement peur que ce Jérémie ne s'en prenne à moi. Je ne l'aurais jamais laissé faire, je me serais défendue... Mais il n'a jamais rien tenté. De nous deux, Sandra a toujours été la plus belle.

– Et vos parents, ils n'auraient pas pu réagir ?

– À ce stade, je crois qu'ils s'en fichaient. Comme je le disais, il y avait longtemps qu'ils avaient cessé de nous considérer comme des êtres humains. Si on leur avait tout dit, impossible de prédire comment ils auraient réagi. Peut-être se seraient-ils mis en colère contre nous, qui perturbions leurs jolis plans ? Ou alors, s'ils avaient été d'une autre humeur, ils auraient pu écharper Jérémie. Je savais qu'ils étaient capables de violence, même si, contrairement à ce que disaient certaines accusations, ils ne l'ont jamais dirigée contre nous. Et puis, je vais vous dire : je crois que Jérémie n'avait même pas conscience du mal qu'il faisait. Il était... d'une autre époque. Il avait la tête ailleurs. Peut-être que ses drogues lui avaient endommagé le cerveau. Peut-être que si Sandra lui avait résisté, il aurait abandonné immédiatement. Mais elle est restée passive en attendant que ça passe. J'ai du mal à y croire, mais... elle m'a raconté que dès la première fois, quelqu'un s'était mis à lui parler dans sa tête, lui faisant oublier la douleur. J'ai lu que des victimes de violences sexuelles disent souvent avoir un refuge dans leur esprit où se cacher afin d'oublier ce qu'on leur fait, mais... En tout cas, elle n'a jamais plus été la même. La pauvre, elle qui a toujours été si délicate... Et le pire, c'est que je ne peux pas en vouloir à Jérémie, puisqu'il n'avait pas vraiment conscience de ce qu'il faisait. Elle m'a dit que parfois, il l'appelait par d'autres prénoms, et pas toujours le même.

– Vous savez ce qu'est devenu ce Jérémie ?

– Il a été arrêté un peu après mes parents, lorsqu'on a démantelé ce qui leur servait de réseau. De réseau ! Un nom bien prétentieux pour une bande de paumés qui se voulaient les Tony Montana du Haut-Jura ! Il a fini en prison, lui aussi. Je présume qu'il ne s'y est guère plu, parce qu'il s'est suicidé quelques mois plus tard. Pendu avec ses draps. Je présume qu'à sa façon, c'est une victime, lui aussi. Victime de son mode de vie, de son incapacité à s'intégrer, de cette saleté de came.

– Et votre frère ? Il n'aurait pas pu vous aider ?

(Silence, trente secondes environ.)

– Pardon, il me faut mettre de l'ordre dans mes pensées. Comme je l'ai dit, les choses ne peuvent se juger qu'avec du recul, pas sur le moment. Disons que nos rapports avec notre frère s'étaient dégradés.

– Comment ça ?

– Je pense que c'est l'influence de nos parents qui se faisait sentir. Oh, il n'avait jamais été un enfant-roi, c'est sûr, il avait aussi sa dose de taloches, et il était capable de faire le coup de poing pour nous défendre. Ce n'est pas le cliché de l'enfant rêveur et candide soumis à une mauvaise influence. Notre mode de vie l'avait endurci... comme nous tous, mais de façon différente, lui qui avait toujours été notre protecteur. Mais alors que nos parents s'éloignaient de nous, ils avaient soudain redécouvert l'existence de notre frère. Lors de l'adolescence, il avait poussé à toute allure, il faisait petit homme. Grand, fort... Vous savez, le cliché des criminels qui veulent que leurs enfants soient différents d'eux, mènent une existence honnête ? Pas nos parents. Ils étaient très fiers de leur mode de vie et de ce qu'ils étaient. Des durs de durs, du moins dans leur tête. Peu à peu, ils ont influencé notre frère pour qu'il devienne un membre du gang, si l'on peut dire. Comme ils étaient satisfaits d'eux-mêmes, quoi de mieux que de le transformer en un alter ego ? Voilà qui aurait validé leur choix de vie, du moins je crois, parce que je doute qu'ils l'aient jamais formulé ainsi. Et pour ça, ils ont flatté ses bas instincts. L'ont introduit dans le club, si l'on peut dire. Il fut peu à peu convié aux réunions avec les « cousins ». Je pense qu'ils voulaient qu'il fasse partie de leur réseau en cours de constitution. Un fils n'est-il pas le complice idéal ? Il y a peu de chances qu'il vous trahisse.

– Et Patrice, comment voyait-il cela ?

– Comme un rêve. Après tant d'années à être regardé comme une quantité négligeable, voilà qu'on faisait enfin attention à lui. Le grand principe de tous les manipulateurs, les pervers narcissiques, comme on dit aujourd'hui. Nous, les filles, avions bien surpris les sourires entendus, la complicité nouvelle. Et suite à cette attention, Patrice s'épanouissait. Il avait l'impression de refaire partie de la famille, même si cela l'éloignait de nous. Il devenait... frimeur, sûr de lui, à la limite de l'arrogance. Tout ce qui fait le parfait petit caïd. Pour nos parents, c'était la preuve que leur dressage fonctionnait à merveille. Oh, c'est difficile de résumer ainsi un processus qui a duré plusieurs années, mais...

– Ils n'ont pas eu le même comportement envers votre sœur et vous ?

– Que voulez-vous, nous étions des filles. Pourtant, notre mère était active dans le groupe, mais à leurs yeux, nous restions de faibles femmes. Ils n'ont jamais été à une contradiction près... Et puis, Patrice avait plus de potentiel pour la violence que nous, il l'avait démontré plus d'une fois. À leurs yeux, c'était une qualité... Quelle folie ! Nous n'y pouvions rien, Sandra et moi, nous étions trop prises par les affres de l'adolescence et les nouvelles préoccupations qu'elles entraînent pour nous rendre compte de ce qui se passait. C'est plus tard, au prix de bien des réflexions, que j'ai fini par assembler les pièces du puzzle.

– Et après le coup de main de la police ?

– Patrice a disparu. J'ignore toujours où il est allé. Il n'a jamais redonné signe de vie. Sandra et moi étions mineures, nous avons été placées en famille d'accueil jusqu'à notre majorité. Pour ma part, j'avais déjà un but. Nos parents s'étaient acheté un ordinateur dans le but de planifier leurs trafics à venir, mais j'étais la seule à m'en servir. Pour moi, ce fut une révélation. L'ordinateur m'a ouvert les portes du vaste monde. J'ai aussi découvert la musique, qui est devenue mon autre grande passion. Chopin, Mozart, Bach...

– Les *Variations Goldberg* ?

– Oui, aussi...

Je l'avoue, cette réflexion était une erreur de ma part. Heureusement, je n'ai pas renchéri. Je me devais de rester un observateur impartial, et j'avais été dangereusement près d'aborder un domaine plus personnel.

– À l'aide de bourses, j'ai réussi à suivre des cours d'informatique et j'en ai fait mon métier. Cela m'a permis de refaire ma vie, de me reconstruire. Maintenant, je suis consultante et réparatrice en informatique. Ce n'est pas très glamour, mais cela me permet de gagner ma vie.

Je faillis lui demander *si* elle connaissait Rémi, mais me retins à temps. Ce n'était pas le sujet.

– Même si je n'ai pas pu fonder une famille et tout ce que font les gens normaux. Je n'ai jamais pu avoir une relation stable. J'imagine que j'ai eu trop longtemps un contre-exemple rêvé sous les yeux. Venir d'une famille dysfonctionnelle ne donne guère envie de remettre ça, et une existence d'errante rejetée de partout donne le goût de la solitude...

– Et votre sœur, Sandra ?

– Elle a eu beaucoup plus de mal à se remettre. En fait, cette épreuve l'a marquée à vie. Traumatisée. Nous sommes restées en contact au fil du temps, je l'ai hébergée plusieurs fois... Elle a mené une vie de bâton de chaise, de relations sans lendemain en petits boulots. Elle s'est même retrouvée SDF pendant de courts moments. Elle a... Elle souffre certainement de troubles mentaux qui n'ont jamais été diagnostiqués. Adolescente, elle a frôlé l'anorexie sans y tomber. Certainement une tentative d'attirer l'attention de nos parents, qui bien sûr n'ont rien remarqué. Elle est capable de moments de dépression pendant lesquels elle peut à peine bouger. Il faut que je reste à côté d'elle, la soutienne pour qu'elle puisse aller aux toilettes... Mais heureusement, elle n'a jamais sombré dans la drogue ou l'alcool. J'ai toujours tout fait pour la soutenir. Moi, la grande sœur...

– Savez-vous où elle se trouve en ce moment ?

– Vous voudriez la voir ?

– Si c'est possible.

– Rien de plus facile. Suivez-moi.

★

Sandra Mantese ressemblait à sa sœur, mais en plus mince, presque diaphane, les traits étirés, la peau translucide. Elle était assise sur un fauteuil pliant sur la véranda, emmitouflée dans un plaid de laine.

Ses yeux, eux, étaient bien différents de ceux de sa sœur. Ils étaient braqués sur un monde imaginaire où la souffrance n'existait pas. Ils ne semblaient rien enregistrer de ce qui se passait autour d'elle. Leur expression vacante a remué quelque chose en moi.

– Elle est ainsi depuis un mois, dit sa sœur. Choc catatonique ou quelque chose comme ça. Elle s'est fait agresser et violer par deux types. Ils l'ont abandonnée dans une ruelle, comme une poupée cassée. Laissée pour morte, peut-être... Elle a à peine pu faire sa déposition. Puis à l'hôpital, elle est tombée dans cet état. Les docteurs sont incapables de dire de quoi elle souffre exactement. Une forme d'état de choc. On ignore quand elle s'en sortira, si elle s'en sort un jour. On ne l'a pas gardée à l'hôpital : physiologiquement, elle est en parfaite santé, à part une légère dénutrition. C'est juste que son esprit semble... ailleurs. J'ai pensé qu'elle se remettrait mieux ici, aux côtés de sa sœur, que dans un hôpital impersonnel. Heureusement, je suis travailleuse indépendante, je peux m'occuper d'elle...

En effet, je la comprenais. En voyant ces traits fragiles, délicats, on n'avait qu'une seule envie, la protéger, la faire sourire, à tout prix. Ce que n'avaient pas vu les brutes qui l'avaient agressée. Quoique, en voyant quelque chose de beau, il y a des hommes qui n'ont qu'une seule idée, le souiller, le détruire...

– On a retrouvé ceux qui ont fait ça ? demandai-je.

Elle fit la moue :

– Avec juste un vague signalement ? Les policiers ne

m'ont pas donné de faux espoirs. Une telle affaire sordide ne fait pas partie de leurs priorités. Mais peu importe. Tout ce que je veux, c'est qu'elle me revienne. Ma petite sœur...

Sa voix se brisa légèrement. Un instant, je restai paralysé de terreur à l'idée qu'elle se mette à pleurer, mais heureusement, elle se reprit.

– Rentrons, dit-elle.

En effet, il faisait froid sur cette véranda. Je me demandai comment Sandra Mantese pouvait y rester sans bouger. Elle n'avait même pas les joues rouges. Elle me fit penser à un fantôme. Ne dit-on pas que les victimes d'agressions sont semblables à des spectres évoquant à peine ceux qu'ils ou elles ont été ? Mon cœur se fendit à nouveau pour elle. Comme certaines personnes sont plus empathiques que d'autres, il doit bien y en avoir qui inspirent spontanément cette même empathie ?

Une fois de retour au salon puant la clope, sa sœur reprit :

– Comme vous le voyez, elle ne vous sera pas d'un grand secours. J'imagine que vous êtes là suite à cette histoire de meurtres ?

– Vous êtes au courant ?

– Oui, j'ai pu additionner deux et deux et voire que les lieux du crime étaient nos anciennes maisons, enfin, les rares où nous sommes restés quelque temps. Si vous voulez mon avis, vous devriez rechercher Patrice. C'est la seule personne que je pense capable de commettre de telles horreurs. S'il s'est planqué pendant tout ce temps, je me doute qu'il ne s'est guère amélioré. Dieu sait ce qui a pu fermenter dans son cerveau perverti de petit caïd.

– Mais pourquoi ces massacres ?

– Ça, je l'ignore. Mes parents ont planté une graine en lui, les germes du mal, et il est possible qu'elle n'ait cessé de croître... Et puis, il y a tous ces non-dits... Qui sait si un de ces fameux « cousins » ne s'en est pas pris à lui ? Il n'aurait jamais osé en parler, il était trop fier. Ou peut-être que j'extrapole. Peut-être que cette violence était déjà enracinée en lui, qu'elle ne demandait qu'à sortir. C'est tellement difficile lorsqu'on doit répondre seule à ses questions et que plus personne n'est là pour vous dire si vous êtes sur la bonne voie ou vous trompez du tout au tout !

– Vous n'avez pas la moindre idée de ce qu'il a pu devenir ? insistai-je. Il ne vous a jamais contactée ?

– Non. Je présume qu'au début, lorsqu'il fuyait la police, il a pu se réfugier chez un membre du gang. Il en connaissait suffisamment. Après... tout est possible. Il est peut-être parti à l'étranger, a pris une nouvelle identité, que sais-je ? Il s'est passé tant de temps... Si ça se trouve, je pourrais le croiser dans la rue sans le reconnaître.

– Vous n'auriez pas une photo, par hasard ?

– Nos parents n'aimaient guère qu'on nous tire le portrait, mais j'ai réussi à en garder une.

Elle ouvrit un tiroir de buffet et me tendit une photo vieillie.

– C'est lui, au milieu. Les deux autres font partie de ces fameux cousins. Ils revenaient de la première partie de chasse de Patrice – encore une idée de mes parents –, alors pour une fois, ils ont accepté qu'un troisième lascar prenne une photo. Il nous en a donné une copie ensuite. Mes parents l'ont oubliée dans un coin, alors j'ai pu la récupérer.

Un cliché fendillé en noir et blanc. Deux adultes brandissant des fusils de chasse, de grands sourires aux lèvres. Entre eux, un adolescent comme tant d'autres. Était-ce ce fameux démon ? Avec ses joues rebondies, ses cheveux noirs, il n'avait rien d'un monstre. Tout juste un côté crâneur dans son sourire, un éclat sombre dans ses yeux noirs. Ou je me montais la tête ? Comment juger d'après une vieille photo à gros grains jaunie par le temps ?

J'essayai de m'imaginer ce même ado devenu un homme

dans la force de l'âge. Peut-être avec un de ces logiciels tels qu'on en trouve aujourd'hui ? Mais il avait pu changer du tout au tout. Prendre des kilos, en perdre, se faire pousser les cheveux, les raser, opter pour une barbe... Je pris tout de même un cliché de la photo, par acquit de conscience.

Un garçon dressé pour devenir un criminel par ses propres parents. Et qui aurait fini tueur en série. Cela semblait tiré par les cheveux, mais pas plus que les vies de meurtriers bien réels.

Je fixai les traits imprécis. *Alors, ce serait toi ?* Une fois de plus, j'eus l'impression de sentir sa présence, presque palpable, une ombre écarlate qui s'étendait sur les montagnes.

Je m'arrachai à ma contemplation pour revenir à l'instant présent.

– Que pouvez-vous me dire de plus ?

Elle haussa les épaules :

– Pas grand-chose, j'en ai bien peur. C'était il y a si longtemps... Des souvenirs que j'ai d'abord cherché à oublier, puis à retrouver pour pouvoir enfin passer à autre chose. Mais je ne crois ni aux coïncidences, ni aux concours de circonstances. Quelles que soient ses raisons, quelqu'un s'est bien introduit dans les maisons où notre famille a habité. C'est un fait indiscutable. Je ne suis pas policière, mais je suis sûre d'une chose : retrouvez Patrice et vous serez à même de résoudre cette affaire.

*

Retrouvez Patrice et vous serez à même de résoudre cette affaire.

Ces mots ne cessèrent de tourner dans ma tête alors que je rentrais vers Clairvaux-les-Lacs. Mon état oscillait entre l'enthousiasme, puisque j'avais enfin une piste, et l'abattement, puisque j'ignorais comment je pourrais la suivre.

À mi-chemin, la neige se décida enfin à tomber à petits flocons serrés, m'obligeant à continuer à vitesse réduite. Il était si tard lorsque j'arrivai enfin chez moi que j'omis de passer par la gendarmerie.

Ce soir-là, je tentai de partir en quête de Patrice Mantese, qui s'était évaporé dans la nature vingt ans plus tôt.

En vain. Je n'avais pas les outils pour le faire. Il faudrait attendre que je me connecte depuis l'ordinateur de la gendarmerie. S'il daignait fonctionner.

Je tentai d'écouter les *Variations Goldberg*, mais tout d'un coup, celles-ci me semblèrent fades, sans saveur, incapables de m'apporter la paix. J'éteignis le lecteur d'un geste rageur. Cette affaire m'avait dérobé ma santé, mes coéquipiers, mon lien intime avec la forêt, allait-elle me priver de tout ce qui me restait en ce monde ? Et quoi ensuite ? Le boire et le manger ? Les couleurs ?

Je me tournai et me retournai dans mon lit, englué dans une mélasse aux confins du sommeil et de l'éveil. Lorsque je m'endormis enfin, je rêvai à nouveau de cette poursuite folle dans une forêt onirique, mais cette fois, avec l'absence de logique propre aux rêves, je ne cessai de passer de poursuivant à poursuivi dans un décor qui se métamorphosait sans cesse.

Un fantôme. Je m'étais lancé à la recherche d'un fantôme.

Le lendemain, dès mon arrivée à la gendarmerie, j'envoyai la photo à Rémi par mail pour que ses logiciels vieillissent le suspect. Un jour, je suis bien tombé sur un site proposant de refaire votre portrait si vous étiez né du sexe opposé, alors... Comme c'était un jour calme, il accepta de s'y mettre tout de suite. En attendant, j'essayai de trouver une trace d'un Patrice Mantese quelconque. En vain.

Je commençai à délirer sur les frangins Fontalban. Après tout, eux aussi avaient pas mal de « cousins » ou leurs équivalents. Un instant, je cherchai s'il pouvait y avoir un lien entre ces trafiquants du passé et ceux d'aujourd'hui, mais j'en conclus que c'était bien peu probable.

Je posai même une demande pour aller voir Farouk Fontalban dans sa prison. Lorsque la photo retouchée arriva par retour de mail, j'en étais même à me demander si l'« oncle » que nous avions arrêté n'était pas ce Patrice Mantese... mais non, il était en cellule lorsque ce malheureux Servano avait été assassiné.

Deux tueurs ? Ça ne tenait pas debout...

Je scrutai le visage trafiqué à m'en faire saigner les pupilles. Le portrait que j'avais sous les yeux était peut-être celui du disparu vingt ans après, mais j'eus beau me creuser la cervelle, il ne me disait rien. Il est vrai qu'il n'y a que dans les films que le tueur fait partie de l'entourage de l'enquêteur chargé de le démasquer...

Je fis jouer une faveur qu'on me devait dans l'administration pénitentiaire pour avoir Farouk Fontalban au téléphone, ce qui, à la réflexion, serait plus facile que se déplacer. Il nia connaître un Patrice Mantese. Ou en ses termes :

– Jamais entendu parler. Mais la plupart des lascars qu'on connaît dans le bizness, ben soit c'est juste un prénom ou un surnom, et pas toujours les vrais.

En désespoir de cause, j'envoyai par mail la photo retouchée aux autorités pénitentiaires. Réponse tout aussi évasive.

– Ça me dit rien. Bon, z'allez me lâcher maintenant ? J'ai pas que ça à faire !

Je me demandai quelle activité si importante pouvait bien l'occuper alors qu'il était en taule à la centrale en attendant son procès. Peut-être que toute la prison pariait elle aussi sur ce jeu débile ?

Je raccrochai avec une fois de plus l'impression de passer à côté de quelque chose d'essentiel. Impression qui ne fit que se confirmer au cours de l'après-midi.

Retrouvez Patrice et vous serez à même de résoudre cette affaire.

Or Patrice Mantese était introuvable. Il fallait croire qu'après avoir échappé à la descente de police, il s'était évaporé dans l'atmosphère.

Je fouillai dans les profondeurs de tous les fichiers, là où on trouve des informations auxquelles le grand public n'a jamais accès. Tombai plusieurs fois sur l'avis de recherche lancé après qu'on avait constaté son absence dans la maison où les Mantese avaient installé ce qu'ils voulaient être leur place forte de la drogue. Celui-ci datait de plusieurs jours après les faits. Le temps d'identifier tous les membres de la bande et de préciser qui était qui. Bien suffisant pour disparaître dans la nature.

Il n'était pas dans le fichier d'ADN. Il faut dire que le FNAEG, le Fichier national automatisé des empreintes génétiques, datait de 1998. Autant dire qu'il n'en était qu'à ses balbutiements deux ans plus tard. Pour peu que Patrice Mantese n'ait jamais été arrêté entre 1998 et 2000... Et n'oublions pas cette affaire du « fantôme d'Heilbronn » où la police rechercha une mystérieuse meurtrière dont les traces étaient apparues sur plusieurs scènes de crimes dans la région d'Heilbronn... mais qui n'était qu'une employée de la fabrique de cotons-tiges servant à prélever l'ADN dans chaque cas ! Le lot contaminé avait été vendu dans tous les pays européens, et on mit des années à s'apercevoir de l'erreur.

Comment dit-on ? La réalité dépasse la fiction...

Je finis par frapper du poing mon bureau. Je notai que depuis que j'avais pris cette détestable, mais inconsciente habitude, le bois commençait à se fendiller. Il faudrait que j'arrête avant de le casser pour de bon.

Pas la moindre trace de Patrice Mantese. Comme il ne s'était pas évanoui dans la nature, il était probable qu'il avait pris une fausse identité. Alors pourquoi serait-il revenu maintenant ? À moins qu'il n'ait jamais quitté la région ? Était-il lié au trafic de drogue local ? Je cherchai les dossiers de tous ceux qui avaient été inculpés après avoir trempé dans une affaire de stupéfiants. Tout ça ? Je passai une heure à examiner des visages un par un sans en trouver un seul qui ressemblât au vague portrait-robot de Rémi...

Puis j'arrêtai d'un coup, encore plus exaspéré qu'avant. C'était absurde ! Il pouvait ressembler à tout le monde et n'importe qui. Je ne le retrouverais jamais. Même s'il commettait un autre meurtre...

Une fois de plus, quelque chose se mit à me gratter l'intérieur du crâne. Toujours cette impression que j'étais en train de rater quelque chose, un élément qui était là, à me narguer, mais sur lequel je n'arrivais pas à mettre la main...

Qu'avait dit Claudine Mantese ? *Retrouvez Patrice Mantese...* Non, ce n'était pas tout. Mes pensées se mirent à tourner comme des lions en cage dans ma tête. Il suffisait qu'elles s'arrêtent deux secondes et j'y serais...

Quelles que soient ses raisons, quelqu'un s'est introduit dans les maisons où nous avons habité...

Ce sont les maisons ! me disait la voix de Thomas Servano.

Soudain, j'eus un flash aveuglant, si fort que je faillis tomber à terre.

Mais bien sûr ! *Les maisons !*

Il restait celle où les Mantese avaient logé en dernier, celle où ils avaient été arrêtés !

Si Patrice Mantese voulait récupérer quelque chose dans chacune des maisons où sa famille avait séjourné, il lui restait celle-ci !

Une brève recherche sur le Stic m'apprit où elle se trouvait.

C'était à une demi-heure, trois quarts d'heure de route.

Je me levai d'un bond et arrachai ma parka à sa patère.

Lorsque j'ouvris la porte donnant sur l'extérieur, une bourrasque de vent chargée d'humidité glaciale me frappa le visage.

Cette fois, on était en pleine tempête de neige. La plus violente que j'ai vue depuis longtemps. Je n'avais rien remarqué, trop obnubilé par ma quête.

Je n'hésitai pas un seul instant. Tant pis, je roulerais sur des œufs. J'étais dans la dernière ligne droite, je le sentais, et j'irais jusqu'au bout.

Ma Focus renâcla, mais finit par démarrer sans se faire prier. Brave bête. Aussitôt, je mis le radiateur à fond. Il faisait un froid glacial, humide, un temps à se calfeutrer chez soi pour attendre le printemps.

Un luxe que je ne pouvais m'offrir.

La nuit tomba au bout de dix minutes, renforçant l'impression de fin du monde que donnait cette tempête. Les rares lumières, de boutiques ou de réverbères, qui se détachaient dans cette pénombre glauque de plus en plus dense semblaient provenir d'un autre monde. Il n'y avait plus que le pinceau des phares, une vision tunnel, détourée, encerclée, qui se limitait au ruban d'asphalte, de plus en plus difficile à suivre. Les bourrasques hurlaient comme des furies déchaînées, frappant les flancs de ma voiture avec une violence qui m'obligeait à me cramponner au volant pour rester sur la trajectoire. Seul le bruit rythmique des essuie-glaces à la peine parvenait à couvrir ces sifflements apocalyptiques.

Je continuai mon chemin, les mains cramponnées au volant.

Poussé en avant par la certitude inébranlable que j'allais enfin trouver quelque chose.

Une assurance totalement irrationnelle, mais je sentais que la forêt était à nouveau avec moi. J'étais son chevalier blanc, celui qui allait la purger de cette corruption qui la minait, et elle trépignait dans ma tête, me pressant en avant.

Une partie de moi, encore lucide, se demandait si je n'étais pas devenu fou sous l'effet des nerfs, du manque de sommeil, de cette obsession mortifère. Peut-être était-ce pour cela que la forêt m'avait abandonné ? Mais qu'étais-je pour cette entité si ancienne, si sage ? Moi, je n'avais qu'elle. Ma connexion avec cette nature qui, depuis le début de cette affaire, me transmettait son malaise.

Complètement dément. Et pourtant, d'une certaine façon, d'une logique imparable.

Il *fallait* que j'arrive à cette maison. Rien d'autre n'avait d'importance, ni la tempête, ni la nuit, ni cette fièvre qui brûlait en moi, ni quoi que ce soit. Si c'était de la folie, eh bien, ainsi soit-il. Et la forêt acceptait ma décision avec joie, nourrissant mon obsession.

Alors je continuais mon chemin, minuscule grain de poussière perdu au milieu de ténèbres quasi impénétrables.

★

Je repris soudain conscience lorsque des doigts de glace descendirent le long de mon échine.

Un instant, je ne pus me rappeler où j'étais. Des bras puissants enroulés autour de ma poitrine me retenaient. Ma vision était d'un rouge écarlate. Pointe de panique. Ce poursuivant démoniaque qui hantait mes cauchemars m'avait-il rattrapé ?

Je clignai des yeux. Repris vaguement mes esprits.

J'étais sur le siège de ma voiture, incliné selon un angle peu naturel. Ce n'étaient pas des bras qui me retenaient, mais la ceinture de sécurité. L'airbag ne s'était pas déclenché, peut-être était-il trop vieux ? Ça s'entretient, ces machins-là ?

Je passai la main sur mon front et la ramenai couverte de sang. Un coup d'œil au rétro me confirma que j'avais un hématome ouvert au-dessus de l'arcade sourcilière, sans doute là où j'avais cogné le volant. Quant aux doigts glacés à la caresse angoissante, c'était un filet d'eau qui avait dégouliné depuis le toit.

Que s'était-il passé ? Je devais avoir dérapé... Oui, c'était ça, je me rappelais maintenant. J'avais senti chasser l'arrière, j'avais tenté de redresser, en vain, tout s'était mis à tourner, il y avait eu un choc et...

Combien de temps étais-je resté dans le sirop ? Impossible à dire. Le tableau de bord était éteint et un coup d'œil m'apprit que ma montre était cassée. Dehors, la tempête hurlait toujours.

Seul le GPS tombé sur un coin du tableau de bord fonctionnait encore. Il m'indiqua que je n'étais qu'à cinq minutes de route de ma destination. La maison où avaient été arrêtés les Mantese.

Que faire ? Avais-je le numéro de l'assistance ? Mon téléphone fonctionnait-il encore ? Il avait dû tomber de ma poche...

Mais il y avait plus urgent.

Je pris un paquet de Kleenex dans la boîte à gants, en tirai un puis le pressai contre ma plaie. Pour l'instant, il faudrait s'en contenter.

Je regardai le GPS de plus près. Il suffisait d'aller tout droit, d'après la minicarte.

La portière s'ouvrit avec un grincement. Je descendis avec précautions, soudain malmené par les bourrasques.

Ma voiture n'irait pas plus loin. Elle s'était encastrée dans le fossé, plantée droit dans la dénivellation à la façon de ces squelettes de caisses que j'avais vues dans un reportage d'Arte, fichées dans la terre en guise de décoration quelque part aux États-Unis. Je regardai les flocons fondre en touchant le capot encore chaud.

Je refermai la portière et verrouillai les portes. Il y avait peu de chances qu'un petit malin muni d'une dépanneuse me la pique, mais...

Je m'orientai vaguement, refermai le col de ma parka pour me protéger du vent cinglant et me mis en marche.

★

Je ne saurais dire combien de temps j'ai marché ainsi, courbé pour contrer les assauts du vent. À la fois gelé, trempé et brûlant de fièvre.

La tempête semblait m'en vouloir personnellement. Elle ne diminua pas un seul instant. Il y avait juste de petits moments d'accalmie, comme pour me donner de faux espoirs, puis une bourrasque encore plus violente que les précédentes manquait de me faire tomber. Le vent se remettait à débiter sa sinistre litanie comme pour se moquer de moi. Pourtant, j'étais entouré d'arbres. Dans mon élément. Quel était le message que la forêt me transmettait ? Étais-je encore à même de la déchiffrer ?

Avancer. Un pied devant l'autre. Recommencer.

Ma parka fut vite lourde d'eau, même si elle n'en était pas encore traversée. Je me mis à grelotter, secoué par de petits frissons de fièvre. Par moments, on aurait dit que je m'endormais sur place, car d'étranges bribes de rêve venaient me hanter. Cette traque onirique que je menais nuit après nuit finissait par se mêler à la réalité. Au bout d'un moment, impossible de distinguer ce qui relevait du songe et de l'instant présent. Était-ce là le sens de ces messages ? Avais-je gagné cette étrange contrée où je jouais à cache-cache avec un démon assoiffé de sang ?

Puis il n'y eut plus que la route, ou le peu que j'en voyais – ma vision était plus rétrécie que jamais – et la nécessité impérieuse de mettre un pied devant l'autre. Un accès de faiblesse me prit : je me souvins que j'avais encore oublié de manger à midi et mon corps me rappelait ses limites.

Avec le recul, je crois que la forêt m'a effectivement aidé. Donné de l'énergie. Et son inspiration. Sinon, dans mon état de fatigue et d'inanition, je ne serais jamais arrivé au bout de ce chemin de croix. Je serais tombé sur place et me serais vitrifié sous l'effet du froid.

Je devins une brute, telles ces hardes de gibier qui progressent en aveugle, tête baissée face à la fureur des éléments, sans autre idée en tête que d'avancer pour avancer sans même se soucier d'une quelconque destination. Mettre un pas devant l'autre devenant un but en soi. L'alternative étant de mourir gelé.

Et j'avançais toujours, minuscule silhouette cabossée au milieu des ténèbres, sans la protection de ma coque de métal. Avais-je un jour été aussi seul ? se demanda mon esprit enfiévré. Si je me perdais dans cet enfer glacé, y aurait-il seulement quelqu'un pour me regretter ? Ou peut-être que ces ténèbres s'étaient effectivement refermées sur le monde, qu'il n'y avait plus rien, plus de pays, plus d'humanité, plus que moi...

Mes délires m'entraînèrent si loin que je fus presque étonné de la voir se découper devant moi, silhouette plus noire que la nuit. Grande. Sinistre.

La maison.

J'étais arrivé.

Elle était abandonnée depuis des années, je le savais. Une de ces demeures dont plus personne ne savait à qui elle appartenait exactement et qu'au final, tout le monde avait oubliée. Banal dans nos régions.

Curieusement, la porte était fermée à clé. Je ne me posai pas de question : je tirai mon revolver et fis sauter la vague serrure. Protection bien illusoire : certaines fenêtres étaient béantes. On avait arraché les planches qui les aveuglaient. Des maraudeurs en quête de quelque chose à vendre, des âmes errantes cherchant un abri, des enfants en mal d'aventure, que sais-je ? En vingt ans, cette vieille bâtisse avait dû en voir.

Certes, à la réflexion, un simple coup de pied aurait suffi à faire céder le panneau. Mais en avais-je encore la force ? Je n'en étais pas si sûr.

Il faisait à peine moins froid à l'intérieur. En fait, je restai un instant dans le vestibule sans savoir que faire. Arriver à la maison était devenu un but en soi, si bien que je n'avais même pas réfléchi à ce que j'allais faire une fois à destination.

Mes jambes flageolèrent. Un instant, j'eus la tentation de m'abandonner à l'épuisement qui m'enserrait comme une chape de plomb. Mais si je m'endormais, il était fort probable que je ne me réveillerais jamais.

Et alors ? Était-ce si grave ? Au moins, j'en aurais fini avec cette affaire absurde...

Je fis taire cette petite voix. Non. J'étais venu là pour chercher des réponses, et elles se trouvaient quelque part entre ces murs, je le savais. J'ignorais si c'était mon esprit en ébullition ou la forêt qui m'avait envoyé cette certitude, mais elle s'était ancrée en moi et me poussait à réagir.

Je tirai ma lampe torche. Son faisceau blême illumina un décor ravagé par le temps. Parquets arrachés, sans doute pour leur bois, ne laissant que du ciment, papier peint pourrissant. Il planait sur tout cela une odeur douce-amère de putréfaction lente alors que peu à peu la maison se décomposait, et que la nature reprenait ses doigts.

J'errai dans cette enfilade de couloirs et de pièces en grelottant de froid et de fièvre. Cette maison n'était plus qu'une cosse vide à qui on avait retiré tous ses matériaux réutilisables. Un squelette de pièces dont on était bien en peine de deviner ce qu'elles avaient été, relié par des rectangles béants dépourvus de portes. Seuls quelques tuyaux me permirent d'identifier la cuisine. Des maraudeurs avaient pris les éviers et jusqu'aux carreaux du sol.

Un escalier menait à l'étage. J'hésitai à m'y engager. Et s'il s'effondrait sous mon poids ? Je me retrouverais à la cave plus vite que...

La cave.

Une réalisation soudaine m'inonda – ou peut-être était-ce la forêt qui me soufflait à l'oreille que je touchais au but ? C'était là que les Mantese avaient installé leur laboratoire improvisé, des rêves de richesses mal acquises plein la tête. C'était donc là que je trouverais quelque chose.

Logique.

La porte que les Mantese refermaient sur leurs dérisoires trafics n'était plus là, elle non plus. Les marches de l'escalier grincèrent sous mes pas, mais tinrent bon. Je clignai plusieurs fois des yeux : ma vision était non seulement rétrécie, ses contours flous et grisâtres, mais elle se brouillait régulièrement comme une mauvaise transmission.

Ma torche éclairait un espace dégagé. Une table. Quelques débris de fioles brisées. Des tuyaux troués si pitoyables que personne n'avait daigné les emporter.

J'essayai de me figurer les Mantese installant leurs appareils sur cette table. Quel était leur état d'esprit ? Joyeux, studieux ? Bon sang, je savais à peine à quoi ils ressemblaient, j'avais dû me contenter de ces clichés grisâtres de leur arrestation et de deux photos d'identité dans le fichier...

Mon don d'empathie restait aux abonnés absents. Je fouillai la pièce du regard. Je ne sais quel coup de pouce me fit baisser le faisceau de ma torche.

Je clignai à nouveau des yeux. Là, il y avait quelque chose...

Je me mis à genoux et balayai le mélange de crasse, de pulpe de papier et de feuilles mortes – comment étaient-elles arrivées jusqu'ici ? – qui recouvrait le sol.

Oui ! Une pointe d'enthousiasme me fit éclater d'un rire assez pathétique, même à mes propres oreilles. Maintenant qu'on avait retiré le carrelage, c'était devenu évident. Il y avait une plaque de bois lourd sur le sol. Un mètre quatre-vingt sur cinquante centimètres. Comme un couvercle de cercueil.

Tout d'un coup, j'oubliai la fatigue. Je crus entendre un bruit derrière moi, un vague raclement, mais n'y prêtai aucune attention. Certainement les sons que dégage toute vieille maison.

À ce moment, je l'ignorais, mais dans le noir, deux yeux suivaient chacun de mes gestes.

Mais j'étais tout à mon enthousiasme. Était-ce une trappe ? Une cache ? Semblable à celles des autres maisons, mais en plus grand ? Et si elle était encore fermée, ça signifiait que j'avais une longueur d'avance sur ce démon ?

Oubliant ma fatigue, je tirai mon couteau suisse pour dégager les contours de la plaque de bois. Marmonnant sans m'en rendre compte des mots sans suite.

Je me servis du couteau comme levier pour soulever la dalle – heureusement, la lame était de qualité suisse – puis passai mes doigts dessous et, avec un han de bûcheron, convoquai tout ce qu'il me restait de forces pour la faire coulisser.

Un effort trop grand pour la loque que j'étais devenue.

Je crois que je suis tombé dans les pommes quelques secondes. Je repris mes esprits en une grande inspiration.

Lorsque je braquai ma torche vers le trou béant, je ne savais pas ce que j'allais y trouver. Mais ma découverte m'arracha un hoquet de surprise

J'avais comparé la plaque de bois massif à un couvercle de cercueil. Je ne savais pas à quel point j'avais raison.

Là, creusé dans le sol de cette maison abandonnée depuis longtemps, il y avait une tombe peu profonde de terre battue.

Et à l'intérieur, un squelette me regardait de ses yeux évidés.

Des ossements auxquels pendaient encore des bouts de peau momifiée et de tissu.

Je restai là, à le regarder, interdit. Le cerveau comme engourdi.

Puis soudain, en un autre flash qui m'inonda telle une bouffée de chaleur, je compris.

Patrice Mantese ne s'était pas enfui avant l'arrestation de ses parents. Il était normal qu'il n'ait jamais laissé la moindre trace de son passage. Il n'avait jamais quitté la maison.

Celui que je cherchais se trouvait là, sous mes yeux.

Je restai planté là une bonne minute à le regarder. Des points d'interrogation dansaient dans ma tête.

En fin de compte, ce n'était pas lui mon coupable.

Mais alors *qui*...

Je ne sais s'il y avait eu d'autres bruits sans que je les remarque. Mais j'entendis un choc sourd derrière moi. Je me retournai comme au ralenti, l'esprit toujours en déroute. Sans doute mon imagination surchauffée. Qui pourrait...

C'est alors qu'une ombre se détacha des ténèbres et se rua vers moi comme une furie en brandissant un énorme couteau de cuisine.

J'avais tenté de me convaincre que mon tueur n'était pas un monstre, mais un être humain ordinaire, sans cette aura de soufre que je lui attribuais.

Je me trompais. Du tout au tout.

Ce qui s'est détaché des ténèbres de cette vieille maison n'avait rien d'humain. C'était bien un démon, une créature maléfique, venimeuse, l'expression même du MAL absolu. Et dans ses yeux brûlait la fureur de mille enfers.

Ils m'hypnotisèrent un bref instant. Plongeant dans ces abîmes impies, je compris pourquoi la forêt semblait profondément troublée. La simple présence, *l'existence* même d'une aberration comme celle-ci niait jusqu'à sa nature elle-même et contrariait son équilibre. Dans ces puits de lave, je lus des éternités de haine et de rage démentielle. Cette créature devait déjà écumer dans ses abysses insondables alors que l'humanité était à peine descendue des arbres... ou était-elle plus ancienne que la vie elle-même ?

Fasciné comme par le regard d'un serpent, je réagis un peu trop tard. En temps normal, même dans mon état d'épuisement, je n'aurais eu aucun mal à parer le coup, mais découvrir ce qu'était vraiment mon adversaire m'avait ébranlé jusqu'au tréfonds de mon être.

J'eus à peine la présence d'esprit – ou était-ce la forêt qui me le chuchota à l'oreille – de transférer mon poids sur le côté, si bien que la lame visant mon cœur s'enfonça dans mon bras. Je regardai le couteau planté dans mes chairs, le manche ressortant de ma parka.

J'eus un mouvement de recul : cette *chose* était à quelques centimètres de moi, les lèvres retroussées en un sifflement de vipère. Et ces yeux, mon Dieu, ces yeux... J'aurais accueilli la mort avec soulagement pour ne plus les voir.

Il y eut des pas précipités. Puis une détonation.

Et tout devint noir.

★

Je revins à moi. Encore une fois, je n'avais pas dû rester inconscient plus de quelques secondes. Je clignai des yeux. La fièvre pulsait douloureusement à mes oreilles.

Une fois de plus, le spectacle qui se présenta devant moi offrait tant d'informations que mon cerveau se bloquait.

Le démon qui m'avait agressé gisait à quelques dizaines de centimètres de moi. Gémissant doucement. Son épaule était ensanglantée.

Je croisai son regard. Non, je me trompais, ce n'était plus ce démon, cette entité maléfique. Celle-ci était partie, ne laissant plus que l'enveloppe charnelle de son hôte.

Celle de Sandra Mantese.

Et debout à deux mètres, fusil en mains, le canon encore fumant, secouée de sanglots silencieux, se tenait sa sœur, Claudine Mantese.

Je roulai sur le dos et fermai les yeux en priant toutes les déités de la terre comme des cieux pour que tout ceci ne soit qu'un long et horrible cauchemar.

PREMIERS BOURGEONS

« Sie hat nun begonnen
Die dunkle, die ewige Nacht. »

Schnee, Markus Heitz
(Qntal, album VII, musique Michael Popp)

Je n'ai pas grand souvenir du voyage de retour. Claudine Mantese dut nous mener tous les deux à sa voiture, sa sœur et moi, sous la tempête. Je sais que j'ai à peu près pu marcher jusqu'à m'affaler sur le siège passager. Le reste du trajet se perd dans les limbes. Je crois que je n'ai cessé de dériver entre éveil et évanouissement.

Lorsque je repris mes esprits, j'étais à l'hôpital où on avait soigné à la fois mon bras blessé et la pneumonie carabinée que j'avais contractée, et qui, on me le dit plus tard, avait bien failli m'emporter. Sans doute à force de tirer sur la corde.

Au bout de deux jours, je fus en état de faire ma déposition à deux policiers. J'avoue ne plus me rappeler de ce que j'ai bien pu leur raconter. Il paraît qu'un psychiatre est aussi passé me voir, mais je n'en ai plus le moindre souvenir.

Ils me libérèrent au bout d'une semaine, me jugeant en état. Comme partout ailleurs, il y avait pénurie de lits. Ils me lâchèrent avec quelques exercices à faire pour mon bras. Je n'en perdrais pas l'usage, mais il ne serait plus aussi rapide qu'avant. D'après ce que j'avais compris, la lame avait cisaillé les tissus. Au temps pour les films où il suffit d'un pansement sur une plaie pour que le héros caracole comme si de rien n'était.

Cette semaine m'avait suffi pour assimiler le fait que cette affaire était bien terminée. Je me regardais chaque matin dans le miroir de la salle de bains. Je perdais peu à peu mon air d'homme des bois à moitié fou. Incroyable mais vrai, les docteurs avaient constaté que je souffrais de dénutrition. Depuis le début de cette affaire, j'avais perdu quinze kilos sans m'en rendre compte. Alors on me nourrissait de portions hautement protéinées, me faisait dormir des nuits entières sans l'ombre d'un rêve ou d'un cauchemar. Je reprenais des forces. Et en sortant, j'avais soif de remplir les trous de l'histoire.

Lorsque je regagnai mon appartement clervalien, je me mis les *Variations Goldberg* et les écoutai d'un bout à l'autre, le cœur chaviré. En effet, j'étais enfin rentré chez moi. De plus d'une façon.

Alors que tout jouait contre moi, j'avais résolu cette affaire. Mais tout n'était pas terminé pour autant.

Plusieurs journalistes s'étaient succédé à mon chevet. Apparemment, comme je le découvris en sortant, l'histoire avait fini par intéresser les médias. L'histoire d'un petit gendarme du fin fond du Ploukistan résolvant une affaire de tueur en série avait trouvé assez d'échos, surtout vu la personnalité de la coupable. Déjà, une femme *serial killer*...

Au bout d'un moment, je cessai de répondre aux demandes des journalistes ou d'organisations nébuleuses voulant exploiter l'affaire pour Dieu sait quel dessein. Alors on inventa toutes sortes de choses. Des mouvements d'extrême droite me prêtèrent des déclarations martiales totalement inventées, publièrent des photos bidouillées. Une poignée de sites d'extrême gauche contestèrent la version officielle. Je ne réagis pas, ne démentis pas. C'eût été comme de relancer ce manège absurde. Une déclaration engendrant des réactions qu'il faudrait démentir ou confirmer, engendrant encore d'autres débats... C'était au-dessus de mes forces. Qu'ils me fichent la paix, c'était tout ce que je leur demandais.

Quelques féministes tentèrent d'utiliser Sandra Mantese comme symbole, mais comme elle avait tué aussi bien des femmes que des hommes, ce qui était moins vendeur, l'attention retomba vite.

Je voulus récupérer ma voiture, que j'avais un peu oubliée durant ma semaine à l'hôpital. La voirie l'avait extraite du fossé et mise à la fourrière. La facture pour l'en sortir était probablement plus élevée que ce que valait ma vieille caisse.

Il me restait à découvrir les zones d'ombre de l'affaire.

Heureusement, j'eus pour cela la précieuse aide de Claudine Mantese. Pour quelqu'un qui avait subi une épreuve aussi traumatisante, elle était d'un courage et d'un calme remarquables. Une survivante. Quelques après-midis de discussion permirent de répondre à bien des questions.

À commencer par : qui avait tué Patrice Mantese ?

Laissons Claudine Mantese y répondre en ses propres termes :

– C'était une semaine avant le grand coup de main qui mènerait à l'incarcération de mes parents. Je me souviens d'un grand tumulte dans la maison. On m'ordonna de rester dans ma chambre. Derrière la porte, j'entendis un grand bruit, comme si on traînait quelque chose. Je pleurai toutes les larmes de mon corps, morte d'inquiétude. Ils me dirent que Patrice avait eu un accident mortel, que je ne devais en parler à personne. Durant cette dernière semaine, Sandra sortit à peine de sa chambre. Quelque chose avait changé. Je crois qu'après avoir perdu celui qu'ils voulaient rallier à leur cause, mes parents ouvraient lentement les yeux, commençaient à entrevoir ce que leurs rêves de fortune avaient d'illusoire. Plus tard, je corroborai ce qu'ils avaient déclaré à la police, que Patrice s'était enfui. Si j'avais dit la vérité, peut-être que nos parents auraient exercé des représailles ? À ce stade, j'ignorais s'ils seraient mis en prison ou libérés suite à un vice de forme quelconque.

« Plus tard, Sandra m'a dit la vérité. C'est elle qui a tué Patrice. En légitime défense, je le précise, enfin, s'il faut la croire. Elle a prétendu que Patrice savait ce que lui faisait le cousin Jérémie et qu'il avait voulu faire valoir ses droits de mâle. Il s'était introduit dans sa chambre et avait tenté de la violenter. Elle s'était défendue, il était tombé et sa tête avait heurté le rebord en métal du lit. Pourtant – mais je n'en étais pas sûre –, il me semblait que mes parents avaient parlé d'un coup de couteau. Sandra m'avait-elle dit la vérité ? Je l'ignore. Maintenant, je remets en question à peu près tout ce qu'elle m'a dit. Elle... a toujours eu un rapport assez ténu avec la réalité. Elle ne m'a peut-être même pas menti consciemment : c'était ce qu'elle croyait être la vérité. Il est fort possible qu'elle ait effacé les faits dans sa tête pour les remplacer par d'autres, plus convenables. Et comme elle seule sait ce qui s'est réellement passé, maintenant que nos parents sont morts, il est probable que le mystère restera complet.

Pour ce qui est des meurtres ?

– Dès le départ, je me suis doutée de la vérité. Elle avait beau être dans cet état végétatif, je voyais bien qu'il lui arrivait de s'absenter. Je présume qu'elle devait piquer un couteau, ou qu'elle en avait planqué quelque part, qui sait ? Quant à voler une voiture, pour elle, c'était un jeu d'enfant. Alors je commençai à l'enfermer dans le sous-sol de la maison. Mais Sandra a toujours eu un don inné pour l'évasion. Peut-être parce que mes parents avaient l'habitude de l'enfermer pour éviter qu'elle ne parte battre la campagne. Déjà toute petite, ils l'enfermaient souvent dans un placard en guise de punition. Pas Patrice ni moi. J'ignore pourquoi. Mais lorsqu'elle a découvert comment se faufiler dans les espaces les plus réduits, comment venir à bout des serrures et loquets, ils n'ont jamais pu la retenir. Une véritable Houdini. Sandra a toujours été un courant d'air, incapable de tenir en place, et rien ne pouvait jamais l'entraver. Comme je vous l'ai dit, elle a continué dans sa vie adulte... Elle m'a dit qu'il lui arrivait de voler des voitures pour se rendre à sa destination du moment, puis de les abandonner sur place. Peut-être lui aurait-il fallu l'assistance d'un psy, mais dès que quelqu'un s'approchait d'elle, Sandra s'enfuyait à nouveau. Folle ? je ne saurais le dire. Comment distinguer les fous des gens sains d'esprit dans ce monde de dingues ?

« C'est peut-être lié à notre ancien mode de vie, cette errance perpétuelle. Je sais qu'elle n'aimait pas devoir quitter les maisons où nous habitions. À chaque fois, c'était une véritable souffrance, elle faisait une de ses crises d'abattement qui pouvait durer des jours. Alors elle y cachait toujours quelque chose. Elle prétendait que comme ça, un jour, elle y retournerait récupérer son bien, et tout irait bien à nouveau. Une forme de fétichisme, peut-être. Mais de là à commettre des massacres...

« Elle prétendait qu'il y avait quelqu'un d'autre dans sa tête, quelqu'un qui s'y était introduit lorsque Jérémie la violait, qu'elle n'aimait pas, qui lui faisait peur, mais qui revenait périodiquement la hanter. Il pouvait rester absent pendant des années, puis il revenait chuchoter à ses oreilles et lui faire commettre des choses horribles. Elle l'appelait la bête, mais c'est aussi le nom qu'elle donnait parfois à notre père lorsqu'il l'enfermait... Sandra est venue sonner à ma porte il y a un an, encore en galère. Elle disait être contente que cette bête l'eût abandonnée. Était-elle partie de son propre chef ou l'avait-elle chassée, elle l'ignorait, mais cela faisait plusieurs années qu'il ne l'avait pas tourmentée. Il faut croire que cet être a profité de la terrible agression qu'elle a subie pour revenir prendre possession d'elle... C'est de la folie, mais c'est la seule explication que je puisse trouver.

Car désormais, Claudine en était sûre : sa sœur avait déjà tué. Et pas seulement Patrice. Il y avait son goût pour les lames les plus tranchantes possible... et puis des allusions à des gens qui « n'étaient plus là », ou à d'autres qui avaient été « méchants avec elle ». Parfois, elle disait que la bête lui faisait commettre des choses qui la répugnaient, mais qu'elle n'arrivait pas à l'en empêcher. Peut-être que les prélèvements d'ADN permettraient d'élucider certains meurtres non élucidés ?

Personne ne l'avait jamais soupçonnée. Sans doute pour la même raison qu'elle avait pu s'approcher de ses futures victimes sans éveiller leur méfiance. Qui se défierait d'un petit bout de bonne femme évoquant un roseau, et qui n'inspirait que l'empathie, le désir de la protéger ?

Et ce soir où Claudine Mantese m'avait probablement sauvé la vie ?

– Cette fois, je l'ai vue partir. Comme vous avez pu le constater, je ne la gardais pas tout le temps dans la cave, c'eût été inhumain. Et puis, en la voyant dans cet état apathique, je me suis dit plus d'une fois que c'était impossible, que je me trompais, qu'elle ne pouvait pas avoir commis des crimes aussi horribles. Je descendais, je la trouvais complètement amorphe, et lorsque je l'installais sur la véranda, elle avait l'air d'avoir à peine assez d'énergie pour mettre un pied devant l'autre. Mais lorsqu'elle s'en allait, lorsque cette bête la possédait, s'il faut l'en croire, elle n'était plus la même... Son pas était assuré, plein d'énergie. Alors je l'ai suivie malgré la tempête.

« Elle avait volé une voiture, sans doute à un moment où elle avait réussi à échapper à ma surveillance, et l'avait déposée au bout d'un chemin dans les bois avoisinants. J'ignore pourquoi, mais quand j'ai vu la direction qu'elle empruntait, j'ai aussitôt su où elle se rendait. Alors j'ai pris le fusil de chasse avec lequel Sandra avait tué ces pauvres gens – je l'avais retrouvé dans la cave, je m'y connais assez pour constater qu'il avait servi – et je l'ai suivie. Je ne sais pas ce que je voulais faire. Je crois que cette histoire me rendait un peu folle, moi aussi... Je suis arrivée quelques minutes après Sandra. Lorsque j'ai entendu du bruit à la cave, que je l'ai vue vous poignarder... J'ai tiré. C'était à peine une décision consciente. J'en ai été aussi étonnée que vous... J'aurais pu la tuer. Quoique, ça aurait peut-être été mieux. Elle serait enfin libre.

– Vous m'avez sauvé la vie.

– Je sais. Mais... s'il n'y avait pas d'autre moyen...

Claudine Mantese me montra la cave aménagée spécialement pour sa sœur, avec un lit et des affaires de toilette. Et aussi les objets que Sandra avait ramenés de ses incursions. Des jouets d'enfants. Un poupon en plastique. Un pot à thé. Un jouet publicitaire d'une marque d'essence. Ses pathétiques trésors.

Pourquoi avait-elle tué avec une telle sauvagerie pour les récupérer ? Ou si elle était vraiment possédée par cet être maléfique brûlant de haine, assoiffé de carnage, était-ce une concession qu'il lui faisait pour l'amadouer ? Peut-être que disposer les cadavres comme elle le faisait atténuait l'horreur des actes qu'on la forçait à commettre. Mais en ce cas, quelle était l'influence que cette bête exerçait sur elle ? Il aurait fallu lui poser la question. Mais ça ne serait pas pour tout de suite. J'étais allé la voir à l'hôpital. Une fois de plus, il n'y avait plus rien derrière ses pupilles. Elle était tout aussi apathique, vacante que la première fois où je l'avais rencontrée, sur la véranda de sa sœur. Quoi qui l'ait possédée, c'était parti. Sortirait-elle un jour de cet état ? Serait-elle assez lucide pour passer en jugement et éclairer les dernières zones d'ombre ? J'en doutais fort.

Je le déclare de façon officielle : je crois sincèrement qu'après son agression, elle était définitivement plongée de l'autre côté du miroir. Et que cette chose écumante que j'avais vue à travers ses yeux s'emparait effectivement d'elle pour assouvir sa violence innée.

Qu'était-ce exactement ? Quel était son lien avec Sandra Mantese, puisqu'il restait encore un peu d'elle dans ce corps ? Qu'avais-je cru voir dans ses yeux ce soir où elle m'avait planté sa lame dans le corps ? Après tout, vu mon état fébrile, comme le dit Claudine Mantese, mon témoignage n'était pas tout à fait fiable...

C'est la forêt qui me l'a soufflé, à sa façon. Une forêt qui, lorsque je me rendis au lac de Beaulieu une fois sorti de l'hôpital, accepta à nouveau de chuchoter à mes oreilles.

Une forêt lavée, purgée de ce furoncle qui sapait ses forces.

Comment définir cette chose ? En effet, elle était infiniment ancienne. Un démon ? Le diable, même ? Peut-être, selon les définitions qu'on lui donne. Il s'agirait bien d'une affaire de possession, mais débarrassée de tout apparat religieux. Disons plutôt que, plus qu'un démon, cet être était un *principe*. Un principe de mort, de mal, uniquement capable de détruire et souiller, contraire donc avec le principe de vie et de renouveau qu'incarnait la forêt. De sa simple présence ne pouvait résulter qu'un conflit, et c'était moi qui avais été son bras armé, si j'ose dire. Le simple fait que la forêt soit guérie témoignait que ce principe était reparti dans les abîmes qui l'avaient vomi. Peut-être même que la forêt avait chuchoté à l'oreille de Claudine Mantese ce soir-là, l'enjoignant de prendre le fusil et de suivre sa sœur possédée.

Il n'y avait pas de questions à se poser sur le pourquoi des meurtres : cette chose n'était pas qu'un prédateur, elle *était* la mort et la destruction incarnée, c'était dans sa nature. Autant se demander pourquoi une vipère mord ou pourquoi une guêpe pique. La question qui se posait était plutôt : quel pouvait être son rapport avec Sandra, son hôte involontaire ? Existait-elle encore quelque part, au fond de son silence ? Elle était consciente des horreurs commises par sa main, même si ce n'était plus elle qui la dirigeait. Était-ce elle qui avait poussé cet être impitoyable à récupérer ses pitoyables fétiches et à disposer les cadavres en une parodie de scène domestique ?

Comment comprendre le fonctionnement de ce qui relève des principes naturels, immuables, de deux forces en parfaite opposition depuis que le monde est monde ? Non pas le bien et le mal, qui sont des notions humaines trop restreintes. Peut-être le yin et le yang, comme disent la philosophie chinoise. Encore que ce soit probablement encore une simplification. Il est des choses que l'esprit humain est incapable d'embrasser ou de théoriser. Comment se figurer l'immensité de l'univers ? L'immense vide cosmique qui se trouve au-dessus de nos têtes, ponctué çà et là de planètes se comptant par *milliards* ? Cette simple idée donne le vertige.

Pourquoi est-ce si difficile à traduire dans la langue des hommes ? Lorsque la forêt m'a suggéré ces réflexions, cela m'a semblé limpide.

Combien de fois des humains ont-ils agi d'une manière qui semble totalement contraire à leur nature ? Des gens pleins d'énergie et de projets qui, une heure plus tard, se suicident de façon inexpliquée. Les actes de violence, les crimes gratuits que même leurs principaux actants sont incapables de justifier. « Qu'est-ce qui m'a pris ? » disent-ils. « Que s'est-il passé ? »

Dans le temps, on s'imaginait que le diable le leur avait soufflé à l'oreille. On était peut-être plus proche de la vérité qu'on ne le croyait.

★

Au fil de mes visites à Claudine Mantese, je sentis que nos discussions gagnaient en aisance. Nous étions de plus en plus confortables en présence l'un de l'autre.

Je sentis qu'un lien se forgeait petit à petit. Alors je cessai d'aller la voir. Je ne savais ce qui pouvait en sortir, mais ce n'était pas à l'ordre du jour.

Je fis tout ce que je pus pour lui éviter d'être accusée de complicité dans les crimes de sa sœur. Je montai en épingle le fait qu'elle m'avait sauvé la vie. On me crut sur parole. Apparemment, pour les autorités, tout ce que je disais était parole d'évangile. Était-ce pour faire oublier qu'ils m'avaient laissé résoudre cette affaire sans lever le petit doigt ? La lâcheté administrative prend parfois d'étranges détours. Mais on n'évoqua plus jamais leur apathie, mes demandes sans réponses. Le labyrinthe de l'institution sait égarer ce qui dérange. Et ils auraient bientôt autre chose en tête... mais n'anticipons pas.

On m'attribua même une nouvelle voiture de fonction, une jolie Mégane bleue avec à peine cinquante mille bornes au compteur. Entendaient-ils acheter mon silence ? Pourtant, je n'avais pas l'intention de m'épancher auprès de qui que ce soit. Je voulais tirer un trait sur cette affaire et mener à bien mon nouveau projet.

★

Une fois guéri, Serge bénéficia d'un régime de retraite anticipée avec une pension d'invalidité, ou quelque chose comme ça.

Caro ne revint jamais à la gendarmerie. Elle avait fini par donner sa démission. Pour autant que je sache, elle est allée gagner le double de son salaire dans une boîte de sécurité privée. Les rares affaires encore florissantes, encore pourvoyeuses d'emplois. Ce qui voulait dire que sa famille était partie s'installer en ville. Je ne comptais pas trop la revoir un jour. J'ignore si elle apprit que j'avais résolu l'affaire.

On parla de m'allouer de nouveaux adjoints. Je les attends toujours. Je suis resté seul dans ma petite gendarmerie paumée. Bientôt, les autorités auraient autre chose à penser.

★

Entre-temps, ce fameux jeu, ce « Rameau doré », avait connu la fin de sa saison.

On avait proclamé les gagnants. Et ce fut le début de l'embrasement général. De mauvais perdants déclarèrent que le jeu était truqué. Certains prétendirent qu'on les avait spoliés de leurs gains. Il y eut des interviews, des émissions houleuses. Un des concurrents fut agressé par un groupe d'hommes et de femmes en bas de chez lui. Seuls ses dons de sprinteur lui évitèrent d'être écharpé. Une autre concurrente dit recevoir régulièrement des menaces de mort. La presse à scandale se mit à agonir les concurrents, les producteurs, le jeu lui-même. Tirant quelques squelettes que l'on avait soigneusement conservés dans leurs placards. Selon un rituel bien élaboré, la populace s'empressait de brûler ce qu'elle avait adoré.

Et au passage, découvrir ce que le gouvernement avait fait passer en douce pendant qu'ils dormaient. Inutile de revenir dessus, vous qui lisez ces lignes le savez certainement aussi bien que moi.

Je vous la résume tout de même : suite à la simplification du Code du travail, il y eut des dizaines de milliers de licenciements du jour au lendemain. On virait les salariés en masse pour ensuite les réembaucher, mais pour un salaire inférieur, parfois amputé de moitié, sinon, c'était la porte. De plus, vu le nouveau régime de retraite, peu de gens avaient de chances de toucher quoi que ce soit de son vivant. Tout ceci était passé comme une lettre à la poste dans l'indifférence générale. Et encore, des économistes médiatiques prétendaient que c'était un bon début, mais pourquoi persistait-on à verser des allocations aux chômeurs ? Encore un archaïsme franco-français.

On lança des grèves pour contester ce nouveau Code du travail et les licenciements massifs, mais on s'aperçut, tiens donc, qu'on les avait interdites. Grèves et manifestations eurent lieu tout de même et furent réprimées à coups de matraque. Engendrant les habituelles controverses entre ceux qui criaient au fascisme et ceux qui applaudissaient à chaque manifestant envoyé à l'hôpital.

Bien des gens se retrouvèrent privés de couverture santé suite à une autre « réforme », passée elle aussi dans l'indifférence générale. Des services furent inaccessibles suite au nouveau tour de vis d'austérité. On ferma les urgences de la moitié des hôpitaux. Et ainsi de suite.

Ce fut le moment de l'embrasement généralisé. Le feu qui couvait depuis si longtemps finit par ronfler, soigneusement attisé par les médias.

Tout le monde était désormais dressé contre tout le monde. Il y eut de la violence partout, une violence omniprésente, indicible, aveugle, n'épargnant personne. On ne se contenta plus de brûler églises, mosquées et synagogues, on le fit avec les fidèles dedans. À Paris, une gigantesque bagarre mobilisant des milliers de gens qui ne se connaissaient ni d'Ève ni d'Adam éclata sur le Champ-de-Mars et dura jusque tard dans la nuit. Des voisins en venaient aux mains, ou pire, pour les prétextes les plus triviaux. Les réseaux sociaux lançaient des mouvements de panique surgis de nulle part. Toute la population de Sarcelles inonda les principales artères pour fuir en catastrophe : on avait prétendu que l'armée se préparait à investir la cité et à tirer dans le tas.

On finit par décréter un couvre-feu qui ne servit à rien : plus personne ne sortait dans les rues, sinon ceux qui voulaient en découdre. Des millions de gens ne se rendirent plus à leur travail, des magasins restèrent fermés lorsqu'on ne les avait pas pillés. Des experts prédirent des conséquences économiques « incalculables » et accusèrent les gens, le gouvernement, les autres. On passa à un nouvel état d'urgence inutile : les policiers se calfeutraient dans leurs commissariats. Ils étaient humains et avaient peur, eux aussi.

Nul ne semblait capable d'endiguer cette vague. Un Mondial de football avancé, l'annonce d'une extension précipitée du « Rameau doré » annoncée à grands frais, rien n'y fit.

Notre Jura ne fut pas épargné. Les mêmes violences se propagèrent en ville et dans les campagnes. Je dus plusieurs fois échapper à des citoyens pris de folie, comme en un *remake* de mon agression à la sortie du bar. On brisa les vitres de ma gendarmerie. Ma voiture fut caillassée. À Lons-le-Saunier, le siège historique de la Vache qui Rit partit en fumée, laissant des travailleurs sur le carreau. Je fus réquisitionné à la hâte pour contenir les émeutes qui s'ensuivirent. Mais là, ce sont les policiers qui m'envoyèrent bouler en prétextant que c'était leur travail et que je n'avais qu'à rentrer chez moi.

À chaque fois que j'étais confronté à de telles brutes avides de taper sur n'importe qui et n'importe quoi pour canaliser leur rage, je n'osais regarder leurs yeux. J'avais trop peur d'y voir brûler la même folie rouge que j'avais lue dans les pupilles de Sandra Mantese ce soir fatidique.

Ceci est mon histoire ; la vérité, telle que je m'en souviens. Certes, peut-être que la maladie, mon état de nerfs m'ont fait omettre certains détails, en enjoliver d'autres, mais telle est la triste vérité des témoignages : rares sont ceux qui sont fiables à cent pour cent. Néanmoins, il était temps que je raconte cette histoire à ma façon, loin des fantasmes des uns et des autres. Je vais l'envoyer à toutes les personnes concernées. Un jour, si quelqu'un souhaite savoir ce qui s'est vraiment passé, peut-être cet humble récit éclaircira-t-il les faits sous un nouveau jour.

Car pour moi, cette histoire est bel et bien terminée.

Dehors, après ce long hiver, les premiers rayons du printemps pointent ; c'est le temps des bourgeons, du retour du soleil, du renouveau.

Ma lettre de démission est déjà envoyée, elle arrivera demain dans les mains des autorités compétentes.

Après avoir mis le point final à cette déposition, je vais prendre ma nouvelle voiture de fonction et la garer dans un coin de forêt. Je vais continuer jusqu'à un point que je connais bien, mais que je ne révélerai à personne. Là, je vais déposer ma carte de gendarme, mon arme, ma tenue réglementaire. Ma carte d'identité. Tout ce qui me rattache au monde des hommes.

Je ne démissionne pas seulement de la police, mais également de l'espèce humaine. Veuillez considérer que je n'en fais plus partie et ne veux plus rien avoir à faire avec elle. Nous sommes une espèce démente, entropique, qui ne peut que précipiter sa propre destruction. Je préfère me soustraire à sa compagnie.

La forêt, que j'ai contribué à faire renaître, m'attire, et il est grand temps que je réponde à son appel.

Je me perdrai en elle, comme à cette époque lointaine de mon enfance ; j'ouvrirai mon cœur et mon esprit. J'espère qu'elle me purgera de la folie humaine comme je l'ai purgée de ce principe blasphématoire qui l'affaiblissait. Et que cette fois, notre dialogue ira jusqu'au bout. Que notre osmose interrompue ira jusqu'à son accomplissement.

À ce stade, j'ignore ce que je serai devenu. Mais j'en fais la demande expresse : ne venez plus jamais me chercher.

À moins que vous ne vouliez me rejoindre ?

La forêt est grande, et son cœur l'est également. Il y a de la place pour tous dans son étreinte.

ÉDITIONS WARTBERG

Cette collection de polars régionaux permet à un large public de découvrir des écriv
confirmés mais méconnus. À l'instar des polars qui peignent le monde des Amériqu
d'Asie ou de Scandinavie, leurs œuvres évoluent dans des cadres sociétaux français q
aiguisent la curiosité. Avec une intrigue se situant dans un coin de France, des personn
typiques et des lieux inspirés de la réalité, ces polars séduisent autant les amate
de livres que les amoureux de la région. Qu'ils soient marseillais, bretons, toulous
alsaciens, normands ou lyonnais, ces polars vous offrent un regard nouveau sur v
ville et/ou votre région d'origine. Pour le plaisir de la lecture et de la découverte.

Des **auteurs** qui aiment leur région et qui aiment la mettre en scène !

Patrick Eris
Les arbres en hiver
ISBN : 978-3-8313-2799-7

Jean-Michel Lecocq
Les Bavardes
ISBN : 978-3-8313-2942-7

Jean-Marc Ligny
La roche au démon
ISBN : 978-3-8313-2943-4

Isabelle Letélié
Complot tentaculaire
ISBN : 978-3-8313-2938-0

Daniel Hernandez
Salamandre
ISBN : 978-3-8313-

D'autres titres de la collection **Zones Noires** sont en vente et en prépar
Pour plus d'informations, retrouvez-nous sur notre site :
www.editions-wartberg.com

Éditions Wartberg | Un département de
Wartberg Verlag GmbH & Co. KG.
Im Wiesental 1
34281 Gudensberg-Gleichen
Allemagne

Diffusion – Distribution SOFEDIS
11, rue Soufflot,
75005 Paris
Tél. 01.53.10.25.25
Fax 01.53.10.25.26